A TESTEMUNHA SILENCIOSA
OTTO LARA RESENDE

duas novelas

posfácio Cristovão Tezza

COMPANHIA DAS LETRAS

Copyright © 2012 by herdeiros de Otto Lara Resende
Todos os direitos reservados

Grafia atualizada segundo o Acordo Ortográfico
da Língua Portuguesa de 1990, que entrou em
vigor no Brasil em 2009.

CAPA E PROJETO GRÁFICO
Mariana Lara

FOTO DE CAPA
Acervo Otto Lara Resende/ Instituto Moreira Salles

PREPARAÇÃO
Jacob Lebensztayn

REVISÃO
Jane Pessoa
Carmen T. S. Costa

Os personagens e as situações desta obra são reais
apenas no universo da ficção; não se referem a
pessoas e fatos concretos, e sobre eles não
emitem opinião.

Dados Internacionais de Catalogação na Publicação (CIP)
(Câmara Brasileira do Livro, SP, Brasil)

Resende, Otto Lara, 1922-1992
    A testemunha silenciosa : duas novelas / Otto Lara Resende ; posfácio
Cristovão Tezza — 1ª ed. — São Paulo : Companhia das Letras, 2012.

    ISBN 978-85-359-2136-6

    1. Ficção brasileira I. Tezza, Cristovão II. Título.

12-07835   CDD-869.93

Índice para catálogo sistemático.
1. Ficção : Literatura brasileira   869.93

| 2012 |

Todos os direitos desta edição reservados à

editora schwarcz s.a.
Rua Bandeira Paulista, 702, cj. 32
CEP 04532-002 • São Paulo • SP
Tel. (11) 3707-3500 • Fax: (11) 3707-3501
www.companhiadasletras.com.br
www.blogdacompanhia.com.br

A TESTEMUNHA SILENCIOSA

OTTO LARA RESENDE

A marca FSC® é a garantia de que a madeira utilizada na fabricação do papel deste livro provém de florestas que foram gerenciadas de maneira ambientalmente correta, socialmente justa e economicamente viável, além de outras fontes de origem controlada.

SUMÁRIO

P. 9
A TESTEMUNHA SILENCIOSA

P. 101
A CILADA

P. 157
POSFÁCIO
Momentos de tensão, Cristovão Tezza

A TESTEMUNHA SILENCIOSA

1

Na escola, as aulas me aborreciam. Desenhar com lápis de cor, que era bom, pouco se desenhava. Dona Zélia escrevia números e letras com hastes compridas, difíceis de copiar. Eu mastigava a ponta do lápis, chupava a gola da blusa, olhava pela janela os urubus manobrando no céu alto. Depois do meio-dia, o tempo parava. Ruídos ao longe — a serra da marcenaria, o pregão de um ambulante — e ruídos próximos — a tosse de um menino, o arrastar dos pés no chão — não abafavam a voz dominadora da dona Zélia.

— João, acorde! — Eu divagava, o espírito ausente.

Na escola, e só para a dona Zélia, eu era João. João Sacramento Neto, bom de assinar caprichando na caligrafia. Filho do boticário João Sacramento Júnior, neto do velho João Sacramento — ambos conhecidos como Juca. Em casa e na rua, eu era o Juquinha. Por extenso, Juquinha do Boticário. Ou Juquinha da Carmela, como acabei mais conhecido.

— João, à tabuada. — Eu me levantava, os olhos ofuscados pela claridade lá de fora. Atropelava a tabuada, quanto era sete vezes oito? Respondia errado, não respondia. Os colegas espevitados levantavam o dedo, agitavam a mão no ar e me davam o quinau, com humilhação. Ia direto para o castigo, de pé, a cara contra a parede, os braços cruzados nas costas. Examinava cada uma das rachaduras, sonhava que era um rio correndo, ou uma estrada caminhando para longe. E pedia a Deus que aparecesse uma formiguinha para me distrair.

Para fazer um berimbau, bastava uma pena de aço partida ao meio e enfiada numa fresta qualquer. Relegado à última carteira, na modorra da sala o meu berimbau naquela tarde punha no ar vibrações que se prolongavam em dois ou três tons. Olhos atentos, dona Zélia ergueu a cabeça e se encaminhou, devagar, na minha direção. O colega do lado me denunciou porque tinha inveja do melhor berimbau do mundo. A classe quieta e a professora, tensa, cada vez mais perto. Eu tinha consciência do risco que corria. Não contive, porém, o entusiasmo do artista e toquei mais uma vez o berimbau.

Sem pressa, dona Zélia me pegou no fundo da sala e me puxou pela orelha até diante do estrado. Levantou a régua no ar e hesitou. Era preciso primeiro me passar em revista. Eu tentava esconder a blusa manchada de tinta e olhava envergonhado o meu pé descalço, ferido num caco de vidro. A professora consultou o relógio: no mínimo uma hora de prisão depois das aulas. E o castigo ia começar na certa com umas boas reguadas ali à vista de toda a classe.

A cara colada contra a parede, na expectativa dos primeiros golpes, de repente a sineta soou lá fora. Não era o toque que anunciava todo dia o fim das aulas. Eram pancadas aflitas e desordenadas. Ninguém duvidava de que alguma coisa estranha estava acontecendo. Um homem alto, desconhecido, entrou na sala com um passo autoritário e conversou baixinho com a dona Zélia. Saiu e deixou um susto no ar. Mal contendo a emoção, dona Zélia mandou que fôssemos para casa sem parar pelo caminho. Nem depressa demais, nem muito devagar.

Lá fora nos dispersamos, cada um para o seu lado. As casas fechadas, as ruas desertas, o silêncio era de pânico. Janelas entreabertas, um ou outro rosto ansioso ousava sondar o que havia. Ninguém atinava com a causa da pesada atmosfera de medo que paralisava Lagedo. Só mais tarde, ninguém sabia como, passaram a circular as notícias alarmantes. Em algum lugar, cada vez mais próximo, começava o confronto. Mais um pouco e já se falava de combates. A tropa dos rebeldes vinha vindo e daí a pouco ia conquistar as posições importantes e dominar a cidade. Na Casa da Câmara, o doutor Aristides prometia resistir. Ia correr sangue na luta fratricida.

Livre das mãos da dona Zélia, eu tinha sido salvo pela Revolução.

2

Na casa fechada, trancas e tramelas corridas, foi Zezé quem me ouviu bater à porta. Verificou que não era nenhum estrangulador e me recolheu como se eu tivesse sido salvo de um naufrágio. O fôlego curto para qualquer explicação, mamãe providenciava a resistência da casa ameaçada. Mesas e cadeiras escoravam portas e janelas. Nervoso, meu pai pedia calma e perguntava pelos mantimentos.

Até que se decidiu que o melhor era abandonar a fortaleza e partir antes que fosse tarde. Mamãe queria primeiro mandar um recado para as suas freguesas. Deixassem para ter filho depois da Revolução. No quarto, Zezé e Dulce nunca mais acabavam de se pentear. Na canastra da sala, resmungão, vovô calçava as botas com que ia enfrentar o desconhecido. Impaciente, pôs na cabeça a boina preta e se dispôs a sair para a rua. Não conseguiu, porém, vencer os obstáculos.

— Vigia só esse pateta — mamãe me agarrou de supetão e me arrastou para o quarto. Com blusa e tudo fui empurrado para dentro da bacia cheia de água pelando. Se eu tivesse que morrer na Revolução, ao menos morresse limpo — e ela me esfregava dos pés à cabeça. Aos arrancos fui posto de pé, para me enxugar. Num átimo eu estava pronto. A cara lambida, na cabeça um boné desencavado de um velho baú, voltei à sala com o ar domingueiro.

— Que mané revolução que nada — o velho Sacramento não queria acreditar que os revoltosos estavam chegando.

Foi nessa hora que dei com Sanico do Segredinho. Entrou sem ser visto e veio ficar perto de mim. Ia me pôr a par das novidades, mas mamãe explodiu:

— Foi buscar a morte para quem não quer morrer?

Tendo ido me apanhar na escola, Sanico chegou tarde. Ninguém tinha dúvida de que tinha aproveitado para dar uma volta e entrar de casa em casa, sossegando as famílias assustadas.

— Venha conosco, Sanico — meu pai convidou.

— Vou ver de perto a Revolta, seu Juca — Sanico pitava tranquilo o seu cigarro de palha. Apertando a brasa com o dedo mindinho, os seus pequenos olhos azuis estavam mais vivos do que de costume. — Diz que vai ter tiroteio.

— Aqui é que você não vai ficar. Vou trancar a casa a sete chaves — mamãe entrou na conversa.

— Estou resguardado — Sanico agradeceu, como se lhe oferecessem um favor.

Sá Carmela ainda tinha ordens e recomendações quando o carro buzinou em frente. Embarcamos carregados de embrulhos. Com mil cuidados para evitar o inimigo, papai mandou tocar para a farmácia. Sua intenção era lacrar todas as portas. Vovô pediu um tempinho para descer e dar um último recado. Sá Carmela encrespou e assumiu o comando.

Com dois ou três toques roucos de buzina, o carro atravessou a cidade calada, as luzes recém-acesas. De dentro do carro olhamos Lagedo como se nos despedíssemos de um mundo que ali acabava para sempre.

3

Amontoados dentro do fordeco, tomamos o caminho da chácara. Poucos quilômetros depois a estrada praticamente não existia. O automóvel derrapava, resfolegava, empacava nos mata--burros. Vovô reclamava de não poder esticar as pernas. Mamãe beliscava ora um, ora outro, como se fôssemos culpados por todo aquele transtorno.

Mais um pouco e passou a acusar seu Juca de ter exagerado. Quem havia de socorrer as mulheres que estavam prestes a dar à luz? A Revolução não ia fazer mal a uma família pacífica, que não se metia com a vida dos outros.

Papai saltava com uma lanterna, ajeitava os paus do mata--burro, erguia as mãos com gestos cabalísticos à luz dos faróis. Dulce dormia no colo de Zezé. Vovô engasgava num acesso de tosse — impossível impedir a entrada do vento que fustigava os nossos rostos cansados e apreensivos.

— Verdadeira tapera — disse mamãe, adivinhando o desmazelo em que tudo se encontrava. Gritou pelas meninas e foi arrumar os trens na cozinha. À luz de um lampião, dependurou a roupa nos quartos.

— Estamos a salvo — disse meu pai, despindo o casaco. E mandou que as janelas ficassem fechadas, por causa da friagem. No fundo, temia que um inimigo nos espreitasse. Alguém podia ter vindo no nosso encalço.

Meu avô, meu pai e eu dormimos num quarto. No outro, minha mãe e minhas irmãs. Tudo escuro. Os colchões de palha foram estendidos no chão para que as balas rebeldes passassem por cima dos nossos corpos ilesos. Em pouco vovô roncava, gemia, fungava. Várias vezes rolou para fora do colchão.

Papai suspirava, os olhos fixos na esteira do teto. Dava para perceber que não dormia. Devia estar pensando na farmácia. Ou quem sabe no doutor Aristides. O chefe político não entregaria os pontos assim à toa. Havia de dar combate aos revoltosos. Tinham de passar sobre o seu cadáver.

Eu pensava no Rex. Devia estar vadiando pela rua, ou cochilando nalgum canto. Abandonar o próprio cachorro à própria sorte tinha sido uma maldade. Lá fora os sapos coaxavam. Ouvia o pio de um caburé e custava a dormir. Passos rondavam a casa, com um barulho suspeito ao lado da cozinha.

Nas ruas desertas de Lagedo, o Rex não ia encontrar o que comer. Minha esperança é que Sanico o tivesse encontrado. Que é que estava acontecendo em Lagedo? Que acontecia àquela hora no Brasil? A pátria dividida, o sangue correndo. Tiros de um lado e do outro. Graças a Deus estávamos a salvo.

Assim que fechava os olhos, via o seu Juca ao lado do doutor Aristides. Ninguém iria arrombar, impune, as portas da Farmácia Sacramento. Violar a propriedade. Desrespeitar um lar, que era sagrado. Imaginava o meu pai feito herói — o retrato no jornal.

A noite transcorreu sem novidades, com uma lua banal vagando no céu. Fui o último a acordar, com o corpo metido num oco do colchão. Vovô e papai tinham deixado o quarto. Não havia temor noturno que resistisse ao esplêndido sol daquela manhã.

4

A chácara à luz do dia tinha um forte cheiro de mato e de frutas maduras. A cozinha de chão batido nunca tinha sido pintada. O picumã pendia das vigas de madeira. No pomar abandonado, algumas galinhas pastavam, soltas. Depois do chiqueiro com cerca de bambu, a calma do córrego. Era bom me esconder do sol no monjolo. Sombrinha fresca, o barulhinho da água, o fubá cheiroso, familiar. A roça, a capoeira, o campo e a sentinela enfadonha dos cupins, com os anus flanando sobre duas ou três reses magras.

Havia muito tempo que vovô já não ligava importância à chácara. Decaído de sua condição de fazendeiro, preferiu ir morar com a gente em Lagedo. O palminho de terra esturricada não lhe dava gosto. A fazendola estava entregue a um preto de carapinha branca. Seu Galdino vegetava por ali com uma mulata mais nova do que ele, a Inácia. Barrigudinhos, pelados, os filhos do casal nos espiavam de longe.

— Gente trabalhadeira punha isto aqui um brinco — às voltas com o fogão mamãe, como quem não quer nada, soltava as suas indiretas.

Os olhos vermelhos à beira do fogo, Zezé e Dulce espantavam as galinhas acostumadas a trançar pela cozinha. Esquecido das coisas da roça, papai foi ver se o milho já pendoava. Preocupado com os formigueiros, instruiu seu Galdino sobre isto e aquilo. À tardinha, cansado, sem ânimo, se sentiu prisioneiro da casa sem conforto. Espichou o olhar pela janela e sondou o horizonte. Afiava o ouvido para escutar os passos de gente chegando, o matraquear da fuzilaria, o rebelde rufar dos tambores. Onde teriam se metido os revoltosos?

— Devia estar na trincheira com o doutor Aristides — era como se alguém o acusasse de ter desertado.

— Deixe de história. Quem não ajuda atrapalha — sá Carmela fazia pouco do marido, que nem ao menos sabia pegar num pau furado.

— Não fosse a família — papai, reticente, se deixava aniquilar pelo peso das obrigações.

Arrastando as pernas magras pelos arredores da casa, vovô mijava no cupim mais próximo, cuspia nos bacorinhos e ameaçava voltar sozinho para Lagedo. Ia a pé mesmo. Não queria saber da roça, que lhe trazia lembranças e lhe confundia a cabeça.

— Esse degenerado não bebe pinga — ele insultava o seu Galdino, que lhe tirava o chapéu, respeitoso. — Matar a sede com água, onde já se viu? — Impaciente, à noite se deitava de roupa e às vezes nem descalçava as botas. Roncava, tossia. — Cambada de vagabundos! Desaforados! Corja de desordeiros!

Com a minha mãe excomungando os revoltosos invisíveis, a família ao menos estava unida. Mas não demorou e sá Carmela só pensava em fazer a trouxa e regressar a Lagedo. A imobilidade lhe dava nos nervos. Tinha muito parto para fazer. O mundo não tinha acabado, nem a vida ia parar. Bastava sentir a força da lua no céu.

5

Para mim era a liberdade, bendita Revolução. Dias sem escola, iluminados pelo sol de outubro. A vadiagem no campo, picão na roupa, gabirobas no mato, longe, à beira de um precipício, o súbito barranco lá onde a erosão devorava a terra. As árvores e a sombra das árvores. Bananeiras de folhas rasgadas ao vento, cheirando a estrume. Mamoeiro, goiabeira, mangueira, jaqueira, o pé de jambo. As surpreendentes amoras, sob a chuva inesperada. Eu correndo da chuva — e a chuva, uma pancada só, de verão, correndo à minha frente. A chuva que não empoça, que não dessedenta a terra crestada. A atmosfera lavada, cheirando a chuva e a poeira, cheirando a terra molhada. O verde escurecido pelos pingos grossos, o verde sob o sol de novo implacável. O campo depois do morro e do pasto, depois da capoeira e do riacho, a perfeita solidão do campo — e de repente a tropa humilde, os burros humildes, o tropeiro humilde, anunciados pelo tímido cincerro da madrinha. O espinho fincado no pé, o pio do gavião flamejante. O fogo no campo ao cair da tarde, as labaredas da queimada, à noite, viajando com pressa à frente do vento. Os porcos de olhos espremidos, os porcos roliços roncando no chiqueiro azedo. Só de maldade espantar do ninho a galinha choca. A galinha botando ovo, o bico aberto no esgar seco para botar. As minhocas úmidas enroscando-se, partidas, na terra úmida. Debaixo do toco, a esquiva lagartixa de susto perdeu a nervosa cauda eletrizada. Pacientemente, fiz, desfiz e refiz com varetas de bambu um alçapão. E valeu a pena, porque peguei o mais lindo sabiá-laranjeira de toda a minha vida. Pena que Sanico não o tivesse visto.

A noite me trazia de volta os temores e os fantasmas. Os bichos que não se mostravam — gambá ladrão de galinha, cobra, morcego, gato-do-mato. Um dia acordei com a algazarra de Zezé e Dulce, agarradas à saia da minha mãe. Vovô queria falar, mas tossia com espalhafato. Papai entrou com o revólver na mão. Podia ter enfrentado um revoltoso.

— Uma jaguatirica — disse, seco. — Foi para as profundas do inferno — e se deitou sem olhar para ninguém.

— Atirar à toa nessa escuridão — mamãe criticou o espalhafato.

Nunca mais vi o seu Juca com uma arma na mão. Pode ter matado a jaguatirica, mas com certeza não conseguiu dormir. Punha tino no que acontecia em Lagedo. Só pensava na Revolução. Tomou horror a arma de fogo. Fez um voto de paz.

6

Papai queria ficar mais uns dias na chácara. Mandaria o seu Galdino até a Prata Amarela para colher notícia sobre a situação em Lagedo.

— Prefiro a morte — e minha mãe arrumou as malas para a viagem de volta.

— Chega destes cafundós — vovô apoiou.

Tudo pronto, papai com bons modos ainda tentou adiar a partida para o dia seguinte:

— É cedo, Carmela. Amanhã.

Mamãe ficou irredutível:

— Não sei onde é que estava com a cabeça quando vim me meter neste buraco. Seja homem, Juca.

Até a estação da Prata Amarela fomos nos pangarés que o seu Galdino arranjou. Minha mãe abria o cortejo, metida numas calças de amazona, na cabeça um largo chapéu de palha. Em cima de um cavalinho pampa, vovô quase arrastava os pés pelo chão. Zezé se queixava da sela. Não era um silhão, como queria. Agarrada à cabeça do santo-antônio, Dulce tinha medo de cair. Chorava aos berros, se algum cavalo se aproximava da égua que ela montava. Numa besta de trote — e eu na garupa, aos sacolejos — papai só abria a boca para recomendar cuidado com os animais. Não os maltratar, nem espantar.

Apeamos na Prata Amarela e baldeamos para o trem. Vovô escarrava dentro do vagão, à vista dos estranhos. Mamãe não se conformava. Como não queria fazer escândalo, dava as costas ao velho. Zezé foi botar a cabeça para fora da janela na curva e deu com o nariz na vidraça. Foi o maior berreiro, quando viu o sangue. Eu no meu canto torcia para o trem apitar. Queria que a viagem demorasse, que o trem descarrilasse. Queria qualquer coisa que chamasse a atenção para a nossa chegada triunfal a Lagedo de maria-fumaça. Só perdi a graça quando um cisco entrou no meu olho. Papai primeiro soprou e depois tirou-o com a ponta do lenço. O olho injetado, me incomodando, mais um pouco e descíamos todos do vagão.

7

Já na estação começaram as novidades. A nota sensacional é que a dona Zélia tinha sido atingida por uma bala perdida. Bem no meio da testa, dentro de casa. Foi à noite, quando se debruçava sobre o berço de um filho. O cúmulo da coincidência. E da fatalidade. Os pormenores eram cada vez mais comoventes.

— Bandidos — revoltou-se meu pai. E me recomendou: — Reze pela alma de sua mestra.

Eu não conseguia acreditar. E me repetia que a dona Zélia morreu. Acabou-se, nunca mais dona Zélia. A cena do berimbau não saía da minha cabeça — a severidade secarrona, as reguadas no meu coco. De castigo, de pé diante da parede. A Revolução me libertava da dona Zélia, e agora para sempre.

Papai só se perturbou quando soube que o doutor Aristides tinha sido preso. Um desaforo. O mundo estava perdido. Abaixo de Deus, papai devia tudo ao compadre. Mamãe discordava: o doutor Aristides tinha entrado de sócio com uma tutameia na Farmácia Sacramento. E nunca deixou de levar o lucro, pontualmente.

— Mas o doutor Aristides! — papai não parava de se espantar. — Nunca pensei! Sim senhor!

A Revolução era obra de uma perfídia diabólica. E manobra dos inimigos contra o compadre. Antes de estourar, os adeptos da desordem, lenço vermelho no pescoço, blasonavam que o acerto de contas não tardaria. Seu Juca nunca que poderia imaginar. O prestígio do doutor Aristides em Lagedo era para ele uma sólida verdade eterna. E papai execrava a Revolução. A cidade ocupada. Um tenentinho da Força Pública dava as cartas, de acordo com o prefeito. O prefeito por sua vez era um adventício, advogado recém-formado que aderira à baderna. Há de ver que até o Nassif, de lenço vermelho, até o turco ordinário já tomava parte na direção dos negócios da cidade.

Quanto aos combates, tinha havido um, no dia seguinte à nossa retirada. Um só. Sorte a nossa. Os rebeldes se encastelaram no alto do morro do Cutelo e de madrugada levaram os legalistas à rendição. O tiroteio foi feio, pipocando noite adentro. Uma pena: as forças da legalidade estavam desprevenidas. Faltou munição. Sanico a tudo assistiu encarapitado no alto da torre da igreja do Bom Jesus. Animado com a festa macabra do tiroteio, dobrou os sinos com um toque marcial. O edifício da Câmara guardava sinais da fuzilaria, a fachada toda perfurada pelas balas. O doutor Aristides tinha mandado distribuir armas aos presos, com ordem para resistir em nome da Lei. Era o poder constituído contra a horda de desordeiros.

Diante de tamanhos absurdos, só faltava encontrar a farmácia saqueada e arrombada a nossa casa. As relações do seu Juca com o compadre o empurravam para a fatal posição de vítima. Os rebeldes não respeitavam a propriedade privada. Caminhões e automóveis tinham sido requisitados. Não haviam de perdoar um soldado da Lei e da Ordem, correligionário do doutor Aristides.

Para tranquilidade geral, a farmácia estava intocada, mas a grande surpresa foi quando mamãe chegou à porta da nossa casa:

— Revolução de uma figa! Bandidos! Covardes! — aos brados desafiava Deus e o mundo.

Papai segurou-lhe o braço e levou-a para dentro. Calma, pelo amor de Deus. A custo trancou sá Carmela no quarto. Zezé escaldou às pressas um chá de flor de laranjeira com bastante açúcar e deu para mamãe tomar. As janelas bem fechadas, papai receava que ouvissem o estouro de sá Carmela contra a canalha dos revoltosos.

— Sangue de barata! Bois de corte! — A fúria de mamãe não poupava o meu pai e o meu avô, porque nenhum dos dois tratou de identificar o autor da imundície. Não reagir de imediato contra a infâmia lhe soava como outra infâmia.

Com um pano molhado, seu Juca esperou cair a noite e foi limpar a porta de entrada. Letras irregulares, com giz mão anônima e grosseira tinha escrito: AQUI MORA UM CORNO E UMA VAGABUNDA. VIVA A REVOLUSÃO!

8

E viva a Revolução: com a morte da dona Zélia, o ano letivo se encerrou logo. Quando voltei à escola, tinha esquecido as lições e caí nas garras de outra professora. Em tudo por tudo parecida com a minha antiga mestra — até no nome, dona Zilda.

O Rex, coitado, foi a vítima inocente da Revolução. Nunca mais lhe pus o olho em cima. Mamãe não deixou que eu saísse à sua procura e o levasse para a roça. Não pude tampouco confiá-lo a Sanico do Segredinho. Desatinado, acabou na casa do Edu, o filho do seleiro. Simples vira-lata, tinha um berne na orelha que atraía as moscas. Mas era o meu melhor companheiro. Às vezes dormia no meu quarto. Zezé e Dulce nem sempre denunciavam a sua presença ao pé da minha cama. De manhã, eu lhe dava um pouco do meu café com leite e lhe estendia um biscoito por baixo da mesa. Rex me olhava com olhos indagadores, endireitava as orelhas e saltava feliz sobre mim. Era hora de sair para passear. Corria à minha frente, farejando cada canto da rua. Às vezes chegávamos até o Remansinho e Rex caía n'água. A cara fina à tona, as orelhas murchas, o olhar quebrado, era um bravo. Voltava feliz para casa, com o seu feliz companheiro.

Manso de coração, mal rosnava para um gato que lhe passava diante do focinho. Não tinha medo, mas não queria briga. Só latia de satisfação. Um aceno e se entregava a qualquer afago. A Revolução o assustou. Sumiu na noite do tiroteio. Se é que o Edu não o atirou à rua, de pura maldade. Deu com a porta lá de casa fechada, murchou as orelhas, meteu o rabo entre as pernas e se perdeu no mundo, com horror a rebeldes e legalistas. Foi o que me contou Sanico do Segredinho. Só o revi em sonho: ora alegre e gordo, o pelo luzindo; ora magro e abatido, coberto de chagas. Custei a esquecê-lo. Por causa do Rex, detestei a Revolução.

9

O doutor Aristides decidiu se mudar para São João del Rei. Voltou as costas a Lagedo, a tantos ingratos que lhe deviam serviços de toda ordem. Todo mundo recorreu à sua sabedoria. A sua palavra aconselhava, conciliava e julgava com a força de uma sentença. Agora ia longe esse tempo. Qualquer mequetrefe punha a cabeça de fora e enchia a boca para falar em nome do povo.

Na véspera da partida do doutor Aristides, fomos visitá-lo em seu palacete.

— Tome a bênção ao padrinho — papai me puxou para a frente. Sentado na cadeira de balanço, o rosto amargo, o doutor Aristides nos recebeu antes do jantar. Trazia o colete abotoado de alto a baixo. O paletó de casimira estava no espaldar de uma cadeira a um passo dele. Podia estar de saída. Mas onde é que iria àquela hora?

— A tarde está quente, compadre — disse o doutor Aristides.

A derrota lhe suavizara os traços.

— Espere pelo Natal — papai queria agradar. Sentia-se órfão na cidade dominada pelos aventureiros da Revolução. Seu desejo era acompanhar o compadre na hora ingrata. Deixar para trás aquela gente hostil e arrogante.

— Deus te abençoe, meu filho — meu padrinho me estendeu a mão gorda, a bengala de castão de ouro presa entre os joelhos. Os cabelos fartos lhe caíam sobre as orelhas peludas. Por um momento me reteve com um abraço apertado, a respiração ofegante: — Tenha juízo. Quando crescer, não vá se meter em revolução — gracejou, sério.

Assentado na ponta da cadeira, meu pai dizia coisas banais para evitar as mágoas recentes. A prisão do doutor Aristides, a grosseria escrita na porta da nossa casa. Ofensas que era preciso engolir. Roupa de ir à missa, boné na mão, fiquei olhando a minha cara no espelho do fundo do guarda-louça. Tinha duas manchas brancas nas bochechas.

— Deixe ver, venha cá — disse o doutor Aristides, paternal.

— É preciso administrar um vermífugo a esse menino.

— O senhor vai embora — retrucou papai, engasgado. — Perdemos o amigo e o médico.

Fez-se um silêncio constrangedor. Lá de dentro veio um tilintar de cálices. A criada ia servir um licor ao compadre Juca.

— Dei tudo por essa gente — o doutor Aristides falava de si como se fosse outra pessoa. — Aqui já não há lugar para um cidadão decente.

Na sala solene, uma pausa mais longa da conversa me deu um nó na garganta. Vontade de chorar. Chorar por meu pai. Chorar por mim. Cocei os olhos com as costas das mãos. Papai e o padrinho evitavam se encarar. Pisavam em ovos. Uma filha do doutor Aristides entrou, cumprimentou com um aceno de cabeça e se aproximou por trás da cadeira de balanço. Envolveu com os braços a cabeça derrotada do pai. O doutor Aristides tinha agora suaves os seus traços.

— Assim é a vida, dá muitas voltas — sentenciou o doutor Aristides.

— A roda da fortuna gira — disse o meu pai, constrangido, sem saber se a frase tinha cabimento. A dois passos da cadeira de balanço, meu padrinho me transmitia a certeza de que nunca mais iria encontrá-lo. Estava ansioso para ir embora. Meu pai se levantou e na rua me deu a mão. Não queria estar sozinho no mundo. Caminhou em silêncio até diante da porta da nossa casa.

— Maldita Revolução — disse entre dentes, como num soluço.

10

Não demorou um mês e o doutor Aristides morreu de desgosto. Papai passou pelo aborrecimento de não ter podido ir ao enterro. A estrada para São João não estava dando passagem por causa das chuvas.

— Está tudo perdido — seu Juca repetia, macambúzio, o mesmo refrão.

— Morreu um soldado, a guerra não se acabou — mamãe reagia.

Mas o cerco ia se fechando, os inimigos tinham mandado buscar um farmacêutico em Ouro Preto, para concorrer com a Farmácia Sacramento. O país marchava a toque de caixa para o abismo.

— A vida é para ser vivida. Não ficar no ora-veja. — Sá Carmela se recusava a aceitar a derrota. Enfrentava com ânimo os afazeres domésticos e atendia qualquer chamada de parto. Saía da cama quente, a desoras. A clientela se multiplicava. Muita gente pobre. Cada vez mais gentinha sem eira nem beira. Papai ora não vinha almoçar, ora não vinha jantar. O movimento na farmácia caía, havia menos receitas para aviar. Passava o dia a preparar poções e xaropes para uns poucos pés-rapados. Gente que não podia com uma gata pelo rabo.

— Até a vista, seu Juca — os fregueses não enfiavam a mão na algibeira. Não desamarravam o lenço em que escondiam os caramingüás.

— Vá com Deus, estimo as melhoras — papai, uma seda, estimulava os caloteiros.

Ninguém quis entrar de sócio no lugar do doutor Aristides. Seu Juca não tinha capital para tocar o negócio e enfrentar a concorrência. E ainda por cima não cobrava as contas atrasadas. Não tinha apetite, nem disposição para um dedo de prosa. Sanico ia levar a marmita na hora das refeições. De cócoras junto do banco de pau, Sanico espiava a rua, cigarrinho apagado na boca.

— Maldita Revolução — devagarinho o tempo passava. E nunca mais seria como antigamente.

— A desgraça vem, Deus não tarda — Sanico se retirava com um toque no chapéu surrado.

A outra farmácia tinha as prateleiras abarrotadas. Mamãe sugeriu torrar a chácara. Era preciso arranjar uns cobres, renovar o estoque. Mas o velho Sacramento bateu o pé. Podia viver sem ar, sem terra, não. Em plena luz do dia, vovô surgiu com os olhos injetados, o bafo de onça. Tinha perdido o juízo. E armou um escândalo. A chácara era dele, só dele. Seu último pedaço de terra.

— Na hora de entregar os ossos a Deus esse descarado virou pau-d'água! — sá Carmela não se intimidou.

Jurou passar a tranca na porta. Na próxima vez deixou o velho dormir no sereno. Vovô esmurrou a porta, excomungou a nora, o filho, toda a família. Acabou escornado debaixo do pé de manacá. Só quando o dia vinha raiando é que mamãe deixou papai abrir.

— O meu palmo de terra ninguém me tira — vovô era teimoso que nem um jumento.

Na penumbra dessa casa dividida, papai dando cada vez menos palpite, viviam Zezé e Dulce. E eu crescia, caçula sem mimos de mãe, nem de pai, nem de avô.

11

Eu crescia como bicho doméstico, a que se dá de comer, se agasalha e se recolhe à noite. Mamãe ralhava toda vez que me via. E me deixava livre por todas as horas livres do dia. Na escola, na classe da dona Zilda, eu ia indo, sem brilho nem louvor. Nenhum companheiro estabelecia comigo sociedade duradoura ou profunda. Em casa, colecionava caramujos secos, desenterrava minhocas nos canteiros de terra fofa, apanhava moscas contra a vidraça, prendia os besouros sem asas num vidro de remédio. Trepava na mangueira nas manhãs de sol, ou à sua sombra me abrigava nas tardes quentes. Juntava chaves inúteis, restos de fechaduras, cadeados emperrados que eu lubrificava com a almotolia da máquina de costura. Roubava bananas na horta do vizinho. Atirava de bodoque nas garrinchas, nos tico-ticos e nos tizius. Minha pontaria era cada vez mais certeira. Saía a passear para além do largo, me perdia pelo descampado. À sombra dos eucaliptos, respirava-lhe o ar perfumado. Apanhava no chão as varas secas e as piorrinhas que caíam das árvores altas. Subia no telhado para espantar um urubu. Ou me escondia por trás do antigo paiol para surpreender um gato distraído. Cuspia na água que não tinha peixes. Construía canais e açudes, atravessados com pontes de cacos de telha e de madeira. Destruía tudo com pontapés de impaciência. Ia nadar pelado no poço do Remansinho. Erguia uma cabana no fundo da horta, sonhava passar a noite lá dentro. Queria e temia a solidão. Incendiava o capim seco, saía correndo da fumaça que me entrava pelos olhos e me fazia tossir. Furtava doces e biscoitos e ia comê-los sem fome atrás da casa. Limpava as gaiolas dos passarinhos, armava o alçapão, mas um sabiá-laranjeira nunca mais caiu na armadilha. Perseguia os burros vadios do largo, ia atirar pedras nos cavalos soltos no pastinho. Quando passava boiada pela rua, ia correndo para a janela espiar a massa de bois que desfilava com os vaqueiros de capa, montados nos seus ariscos animais. Ouvia, assustado, o tropel dos cascos surdos no chão e em vão esperava pelo estouro da boiada, que jamais aconteceu.

Outras coisas esperei, que nunca se deram. A volta do Rex, a chegada do carneirinho azul. O heroísmo do seu Juca. A vitória de sá Carmela sobre a Revolução. Tantos desejos — e o remorso tão forte como qualquer desejo. E a raiva, com a lembrança que não se apaga. Como no caso do Edu — foi verdade? ou foi um pesadelo?

12

Eram três horas da tarde de um dia qualquer. Mamãe mandou que eu passasse pela farmácia e apanhasse uma mezinha. Ia descalço, os pés magrelos, cascão nos calcanhares — um menino antes do banho, o corpo sujo. Pés, mãos, unhas, os joelhos ossudos — um fiapo de gente. Calças curtas e largas, a blusa surrada, sem botões que escondessem no peito as costelas pontudas. O avesso e o direito, o menino mais avesso do que direito. Os olhos grandes na cara.

Diante do serralheiro, na esquina, um movimento desusado. Pano amarrado à cabeça, uma mulher explicava que a guilhotina tinha decepado o dedo de alguém. Era a primeira vez que eu ouvia a palavra *guilhotina*. A primeira vez. Palavra arrevesada, que não se pronuncia com uma falha de dente na boca. Tirado com linha de costura, o dente foi enterrado na horta. A primeira sepultura da inocência. A primeira vez, uma vez é a primeira. Eu tinha outro dente prestes a cair. Mas sorria assim mesmo, o vazio do dente prometendo para logo mais outro dente, este definitivo como tudo que no homem é definitivo.

Parei para ver o homem do dedo guilhotinado. Um homem sem dedo, o dedo quem sabe no chão, ainda sangrando. Um dedo é mais do que um dente de leite. Devia ser o dedo indicador. O dedo que acusa e que aponta. O líder da mão. Dedo másculo, que verga mas não quebra. O dedo dado de graça à guilhotina.

Não vi o homem de dedo cortado. Nem a guilhotina, nem o sangue. Depois imaginei que vi ao menos o dedo — exatamente o indicador, o acusador. Mas o que vi mesmo foi um brinquedo inocente, que logo atraiu minha curiosidade de menino banguela, com um recado para dar e não para esquecer. Deu? Esqueceu.

O brinquedo era um espelhinho coberto por malacacheta, com três ratinhos prateados e três ratoeiras de nada. Tudo minúsculo. Era preciso prender os ratinhos nas ratoeiras. Acertar com as vacilações da mão e enfiar cada rato na casinha que lhe era destinada.

O espelhinho era do Edu. Estava em sua mão distraída. Ele parecia só pôr tento na cena cruenta da oficina. Mais velho, calças de brim no meio das canelas, os pés achatados do Edu eram grandes demais para um menino da sua idade. E do seu corpo. Apesar da atenção que dispensava ao dedo decepado, percebeu o meu deslumbrado interesse. Trouxe a mão bem perto do meu rosto. Tão perto que nem vi como é que prendeu os três ratinhos nas três ratoeiras. Tinha treinado, devia saber de cor. Balançava a mão com esperteza e era tiro e queda, acertava.

— Quer tentar? — Edu me ofereceu e foi andando, como quem não quer nada. No largo, não havia ninguém. Só um burro. Um burro tão fechado em si mesmo que nem dava pela presença de dois meninos. O burro pastava. Toda hora é hora de pastar. Pastava os tufos de capim por entre as pedras. Depois das pedras, na grande extensão do largo, a terra batida era uma poeira fininha como um pó de arroz.

— Você gosta de soltar papagaio? — Edu, desengonçado, sabia indagar o que, me distraindo, também me atraía. Escamoteando o espelhinho, enfurnado no bolso, aguçava minha cobiça. Regateava com o meu preço. Me prometeu um papagaio que não pedi — e sorriu um sorriso branco, de cara parada. Eu queria o espelhinho, o quebra-cabeça, o tira-teima. O tira-inocência. Edu se espichou no chão, meio de lado, e exibiu de novo o brinquedo sedutor. Também eu me deitei, de comprido, como um soldado que se deita para atirar. Apoiado nos cotovelos, ventre colado no chão. Tão colado e tão deitado que, do outro lado do largo, alguém que olhasse juraria que não havia ninguém no largo — só o burro.

Era difícil enfiar os ratinhos nas ratoeiras. Tomava tempo, a mão tremia. A mão inteira com os seus excessivos cinco dedos. Enfiava um ratinho, enfiava dois, escapava um, escapavam os dois. Edu cheirava a suor e a poeira, quando o vento começou a soprar sobre nossas cabeças. Eu podia treinar em casa, levar o brinquedo comigo — sussurrou. Meu, podia ser meu. Era só eu querer. O burro veio atravessando o largo e ignorou nossa presença. Fugia de um redemoinho que levantou uma espiral inquieta de poeira. Podia ser meu, o brinquedo, se eu brincasse como Edu queria. O que ele queria.

Eu ainda não sabia que o Diabo se aninha no miolo do redemoinho.

13

Afinal, vendeu-se a chácara. O velho Sacramento não aguentou a tentação de ganhar uns cobrinhos. Queria ter do seu, ao menos soma de somenos, para dissipar no vício, cada vez mais exigente. Mamãe, porém, embolsou o dinheiro e se fez de desentendida. Se vovô insistia, levava uns trocados para largar no botequim. Ou nas vendinhas de banana, rapadura e cachaça aonde ia matar o bicho. Com o estadão de antigo senhor, se impunha para beber no fiado ou na gentileza que lhe faziam, a troco de ter o velho Sacramento na igualdade íntima do vício.

Sá Carmela providenciou o comprador, um sitiante que vinha da terça e da meia. Vovô compareceu à escritura, lamuriento e lembrançoso. Papai custou a aparecer. E apareceu de cara amarrada.

— Desemburra, homem! — sá Carmela não fazia cerimônia. — Deixe de prosápia. Arroto de grandeza com a barriga vazia — sá Carmela ofendia os brios da família Sacramento, gente assinalada no tronco pela urucubaca.

— Ladra, me dá meu cobre! — na noite do papel passado vovô chegou com a caveira cheia.

— Tome vergonha, respeite os seus netos — mamãe lhe deu logo o troco.

Nariz vermelho e batatudo, vovô ameaçou céus e terra. Depois, sozinho na sala, desabou sobre a canastra, o corpo de banda. Assim mesmo dormiu como um porco — disse mamãe.

Sá Carmela pegou uma pequena parte do dinheiro e aplicou na farmácia. Precisava convencer papai de que tinha um negócio e não um sorvedouro. Era um estabelecimento para dar lucro, não uma casa de caridade. O óleo canforado prolongou a agonia da Farmácia Sacramento. Lá se reuniam os que louvavam a nova Democracia e o progresso do Brasil. Até o padre Chico, tão chegado ao doutor Aristides, passou a frequentar as tertúlias noturnas a que, de vez em quando, comparecia o prefeito.

— Revolução malsinada. — Papai continuava fiel à memória do doutor Aristides.

Mais um pouco e o Nassif comprou o palacete do antigo chefe político. Os herdeiros trataram de se entender quando surgiu a oferta em dinheiro sonante. Vender a casa, um solar daqueles, a um sujeito tão reles. Verdadeiro sacrilégio — comentou papai com o padre Chico. Em boca fechada não entra mosca — disse o vigário.

14

Mal o dia raiando ou na boca da noite, a qualquer hora podia chegar o Sanico do Segredinho. Andava de banda, manquitolando de leve, um pé meio no ar como quem não quer pisar no chão.

— Sanico, por que é que você anda assim? — um dia eu lhe perguntei.

— Briguei com um anjo lá no Segredinho.

— Foi há muito tempo?

— Ih! No meu tempo de menino.

— Anjo briga com gente?

— Esse brigou comigo. E ainda cutucou o nervo da minha perna.

Falava sério, a pele da cara curtida, os pequenos olhos azuis. Segredinho era a fazenda em que Sanico nasceu e se criou.

— Que aparição é essa, alma penada? — minha mãe, na costura ou na cozinha, levantava os olhos e dava com o Sanico parado, chapéu jogado pra trás, na boca o cigarro de palha.

— Oi — ele saudava. E acendia o cigarro na brasa do fogão. Com o dedo mindinho espevitava a bagana de palha. Descalço, entrava sem fazer barulho. Se chegava com uma lata d'água na cabeça e a entornava no barril, sendo hora do almoço estava entendido que ia almoçar. Destampava as panelas, espiava o que ia comer, aspirava com gosto o perfume do refogado. De cócoras num canto, o prato de folha na palma da mão esquerda e a direita servindo de garfo, juntava com os dedos um montinho de angu e feijão. Se pegava o ancinho e a enxada para capinar e limpar a horta, parando a cada minuto para sondar o céu, estava entendido que fazia jus a uns trocados para jogar no bicho. Só jogava em dia de forte palpite, soprado no farrapo de um sonho que ele mesmo interpretava.

— Sanico, sonhei que morri, meu corpo no meio da sala — dizia Zezé.

— Vida longa — decifrava Sanico. — Na sala quer dizer agasalho.

— Quer trabalho, Sanico? — vovô o provocava.

Sanico se esgueirava, sumia. Podia voltar no dia seguinte, a tempo de almoçar, se no almoço havia galinha ao molho pardo. Nunca se enganava, o adivinho.

— Lá vem o telégrafo sem fio — diziam, quando o viam pela rua, o passinho apressado.

De casa em casa, Sanico aproximava as famílias. Contava as novidades, desejava saúde e boa sorte. Da sua boca não saía maldade. Tocava bombo na banda de música Santa Cecília e na Semana Santa batia matraca de porta em porta. Mas o que era mesmo era um acabado artista do sino.

15

Pela boca dos sinos é que falava Sanico do Segredinho. Falava em voz alta para a cidade, para os distritos, para as fazendas. Todo mundo distinguia e entendia o que ele falava no alto da igreja do Bom Jesus. Caprichava nos dobres de finados. Os dobres variavam segundo o defunto. Se era mulher — casada, viúva ou virgem. Se era homem-feito, ou se era criança. Se era anjinho, com entrada garantida no Céu. Se o finado era membro da Irmandade do Bom Jesus, tinha direito a um toque especial. A cara encardida, mas os olhinhos azuis, Sanico sabia ferir também com delicadeza e vigor os grandes sinos de bronze, nos dias de festa.

— Sanico, me leva na torre — eu pedia.

— Sino não gosta de menino — ele respondia.

Em dia de boa veneta, Sanico passava horas contando histórias quase sempre medonhas, de assombração. Imitava o trinado dos passarinhos, piava como caburé, uivava como lobo, miava como onça e como gato.

Na igreja, fez questão de me mostrar o talhe na pedra-sabão.

— É do Aleijadinho — informou com orgulho, os olhos brilhando. — Um meu parente que já morreu.

Abriu a porta, com uma chave de todo tamanho. Na penumbra da tarde, a nave mergulhava na santa paz da ausência de fiéis. Os santos tinham o olhar vazio e parado. Acolitado pelos serafins, na abóbada iluminada Jeová tinha acabado de criar do nada Adão e Eva. Com os bancos estalando suas juntas cansadas,

Sanico deslizou pela nave adentro, o chapéu na mão. Eu no seu rastro. Parou diante do primeiro altar lateral e se ajoelhou. Tendo à mostra as solas de seus pés descalços, ergueu os olhos para um santo de túnica verde e capa vermelha. Com desenhos dourados, o santo varão trazia um livro na mão esquerda e, na direita, uma lança. Os cabelos eram de mulher, mas usava bigode e uma comprida barba ruiva. Por baixo da túnica, os pés do santo estavam descalços, como os de Sanico. Na cabeça, rebrilhava a auréola prateada.

— São Judas Tadeu — e Sanico se levantou, depois de fazer o pelo-sinal. — É meu amigo.

Sem nada me anunciar, Sanico dali passou adiante e começou a escalar a torre. Os degraus de pedra subiam por um caracol estreito. Entre um e outro lance, entre as vigias, a escuridão mais densa, Sanico sempre na frente e eu atrás, com medo de tropeçar. A cada degrau, com mais medo e mais curiosidade. Vencidos os degraus, no alto me esperava o prêmio insuspeitado da paisagem. Nunca que eu podia imaginar o que ia ver lá de cima — a cidade quieta, como um gato na sesta, a tarde calma, o horizonte depois dos morros. Os fiapos de algodão das nuvens e o vasto azul do céu. Via Lagedo do alto e inteira pela primeira vez. Como alguém do meu tamanho. Tímida corça lançada entre as montanhas, o branco de suas casas ingênuas sob os telhados escuros — toda a cidade estava diante de mim. As ladeiras serpenteavam morro acima, morro abaixo. Mal adivinhados, os becos se escondiam atrás das casas. Os quintais cravejados de árvores, as escuras copas fechadas, os quietos quintais mergulhados no tédio de depois-do-almoço. Só as igrejas se impuseram, e dominadoras. O gordo volume distribuindo a massa da paisagem. Tudo era grande e próximo, sem as distâncias que eu via da rua, de qualquer rua. Nenhuma presença de gente ou de bicho — a cidade desobrigada de seus habitantes. Como um presépio, Lagedo cabia nos meus olhos.

— Esse já matou um — Sanico apontou o sino de São Basílio e se agachou, mas o chapéu escorregou e quase voou lá embaixo.

Deixei de olhar para fora e voltei a vista para o grande sino. Eta sinão! A bocarra silenciosa, o badalo como o soco de um pilão. Acima da cidade, acima dos morros, das casas e dos homens, era preciso ter subido à torre e estar solto no espaço como um sino para entender Sanico do Segredinho. Íntimo das alturas, os olhos azuis contra o azul do céu, tinha Lagedo a seus pés. Seus pés descalços, como os do seu amigo Judas Tadeu.

16

Cigarrinho de palha, a voz que a brisa tornava mais mansa, Sanico do Segredinho me contou que, fazia tempo, um homem que não era artista-sineiro subiu na torre. Incréu, resolveu provocar o sino de São Basílio, que é de boa paz. Agarrou ele pela bacia, tentou de um lado, tentou do outro, puxou a corda daqui e dali. Afinal, tanto fez que o sino virou de cabeça para baixo e voltou em cheio no peito e na cara do ímpio. Nem teve tempo para se arrepender dos seus pecados. O corpo ficou lá em cima, numa poça de sangue. Três fios de espuma vermelha escorreram pela parede branca. A cabeça foi atirada lá embaixo, no adro. Só então o sino de São Basílio, de natural caladão, rosnou uma soturna meia badalada. Mais do que uma voz de sino era um protesto feroz de raiva. Foi preciso o padre Chico mandar caiar de novo a fachada da igreja, para apagar o vermelho vivo do sangue. Mas do castigo ficou para sempre lembrança, como exemplo e lição.

Tomei coragem e, bem na beirada da torre, o sino às minhas costas, olhei o adro para baixo e senti um frio na barriga.

— Olha a cisterna — Sanico apontou o perigo, quando comecei a descer. Era um buraco úmido e redondo, que sumia no fundo da escuridão. De lá de baixo, subia pela corda do sino um hálito frio. — Já teve menino que caiu aí — Sanico me fez medo.

— Que menino que já veio aqui? — eu quis saber. E pensei no Edu. Só ele.

— Menino de antigamente, do tempo do Aleijadinho. — Sanico mudou de assunto. Quando eu crescesse, deixaria eu repicar o sino pequeno. Depois me ensinaria a dobrar a finados o sino meão. Badalar o sininho alegre era mais difícil. A voz feminina da sineta, que chama os fiéis para a missa, com um matiz capaz de espicaçar o pessoal dentro de casa. Bota gente na rua, convoca. Começa tocando espaçado e vai aligeirando. É um sino jovial, que dialoga com o carrilhão no repique de algumas festas.

— Sino diz tudo que a gente quer — explicou Sanico. — Dá hora, fala da vida e da morte.

— Toca que eu quero ver — pedi.

Sanico começou a dobrar num compasso lento um sino lateral. Enfiou o chapéu debaixo do braço e, enquanto tocava, sua cara ficou séria, os olhos fixos no horizonte.

— É um defunto à toa — esclareceu. Assim que parou, voltou ao normal. Saiu do transe de sua concentração.

Eu queria ficar na torre e apreciar a paisagem. Sentir a brisa na cara, identificar a minha rua, a minha casa. Mas Sanico foi abrindo caminho na escuridão. Eu atrás, tentando me agarrar na aspereza da pedra, punha sentido nos pés, com medo de escorregar e cair. Pensava na cisterna que engoliu o menino. Foi há muito tempo, mas engoliu.

— Me leva de novo na torre — eu muitas vezes pedi para voltar.

— Sino não gosta de menino — Sanico se recusava.

E nunca mais repetiu o passeio.

— Deixa eu ir — eu pedia.

Sanico me repetia que sino não gosta de menino. E prometia trazer lá de cima um carneirinho para me dar de presente.

Sanico às vezes me levava ao cemitério, atrás da igreja. Não sabia ler, mas me ensinou que estava escrito no alto do portão, em letras de ferro: JÁ FUI COMO ÉS, SERÁS COMO SOU.

Conversando com gente grande, Sanico era outro. Dava notícia dos doentes desenganados, acompanhava a agonia dos moribundos e, mal sucedia o passamento, subia à torre e aos sinos para espalhar a notícia. Depois, aparecia na casa enlutada, o chapéu debaixo do braço, o passinho leve. Ficava pelo velório, fazia quarto noite adentro, tomando café e pitando o cigarrinho de palha.

Diante do muro alto cheio de túmulos, com as inscrições — o nome do morto, as datas do nascimento e da morte —, Sanico explicava que o defunto estava engavetado para não fugir. Não virar assombração.

17

Não vi quando deram cachaça ao peru. Quando lhe depenaram o pescoço. Quando foi dado o golpe com a faca de gume afiado. Já o vi no chão da cozinha, as asas espanejantes, o sangue aos borbotões. E vi sá Carmela de pé, soberana, a olhar indiferente o peru que lutava contra a morte. A família reunida em torno da mesa, aquela cena de sangue, começava a ceia de Natal. O peru da consoada. Foi antes da Revolução, no tempo dos bons tempos.

— Está chorando? — Sanico surpreendeu a emoção do menino. — Côin'feito! — e me pegou no colo.

Longe dos adultos, longe de sá Carmela atarefada, Sanico pela primeira vez me prometeu um carneirinho. Como presente de Natal. Prometeu em voz baixa, como um segredo. Não podia contar para ninguém. Sorrindo, os olhos molhados de lágrimas, vi o carneirinho que a partir daquele instante já era meu. Ninguém podia me tomar o carneirinho feito de palavras e de promessa — o nosso segredo comum.

— Quando é que você traz? — eu queria saber, impaciente.

— Deixa desmamar primeiro — Sanico adiava. — Está ficando gordinho que é uma beleza. Amanhã sem falta — Sanico me pegava a sós e me cochichava mais um pedaço do nosso sonho.

Nunca que chegava o carneirinho, mas nem por isto deixava de existir de verdade. Sanico arranjava sempre um jeito de adiar a chegada do carneirinho, sem que eu sentisse o travo da decepção. O que me ficava no coração era a expectativa, a alegria prolongada, sem que eu jamais enjoasse. Se Sanico o tivesse trazido, eu talvez tivesse enjoado — menino enjoa tão fácil. Existindo dentro de mim, o carneirinho foi meu companheiro definitivo. Se fazia alguma arte em casa, ou, mais tarde, se ficava de castigo na escola, Sanico me transmitia um recado que era uma ameaça: assim o carneirinho não vinha morar comigo.

— Amanhã você acorda cedo — Sanico renovava o compromisso — e prepara uma papinha. Vai chegar com fome. Já está lá em casa, no beco do Cotovelo.

No dia seguinte, assim que me via, Sanico indagava se eu tinha providenciado a escova.

— Que escova?

— O carneirinho tem o pelo muito fino.

— Você não trouxe — eu reclamava.

Sanico não se apertava:

— Passou um anjo e carregou o carneirinho pro céu.

— Anjo ladrão!

— Deixe estar que já escolhi outro ainda mais bonito para você.

— São muitos?

— É um rebanho, mas não espalhe.

— Na sua casa?

— Numa fazenda para os lados do Curralinho.

— Quem é que toma conta?

— Ninguém. Bicho de Deus não precisa.

— E se roubarem?

— É baixo! Não é qualquer um que enxerga eles, não. São invisíveis.

— Que cor que é o meu?

— Tem de todas as cores.

— O meu?

— Agora é azul. — E o carneirinho ficou sendo azul. Ficou também mais real: — Mandou dizer que está doido para vir morar com você.

— Ele me conhece?

— Encontrou com você em sonho e gostou muito. Quer saber se você está se comportando direitinho.

Tão verdadeiro, resolvi fazer uma casinha para ele morar. Sanico separou as tábuas de um caixote, pegou o serrote e o martelo, arranjou até dobradiças e fechou a portinhola com um cadeado. Tudo para defender o carneirinho dos ataques noturnos do lobo.

— Lobo? — me assustei.

— Onde tem carneirinho, sempre aparece lobo — Sanico sentenciou. E eu fiquei ciente de que o bom e o mau convivem lado a lado. Tratei de escolher o capim mais tenro para o carneirinho comer e se deitar no macio. No dia seguinte, Sanico apareceu coçando a cabeça, o chapéu atirado para trás. Estava agastado, imagine só: o carneirinho tinha se machucado. Foi saltar de muito alto, caiu e quebrou o pé. Nos dias seguintes, Sanico me trazia notícias animadoras:

— Levei para a torre. Já está quase bom.

— Ele não cai lá de cima, não?

Sanico tinha a resposta na ponta da língua.

— Gosta de lugar alto. Quanto mais alto, melhor. Não é bobo de cair. Quem vive no chão é o lobo. Olhe, não conte para ninguém, porque o padre Chico ainda não sabe: está aprendendo a tocar sino.

— O carneirinho? — eu duvidava.

— Não ouviu ontem de tarde? Um dobre bonito, delicado. Pois foi ele que tocou. Arrume a casa, que é bem capaz de vir amanhã.

Arrumávamos a casa e renovávamos a promessa de guardar silêncio. Estendi um cobertor no chão.

— Cobertor não precisa — Sanico explicou. — Está tão peludo que não sente frio.

O carneirinho pediu para ficar mais um pouco na torre, apreciando a paisagem. Com o azul do céu, o pelo ficava cada vez mais azul. Valia a pena esperar. Mas de repente, a triste notícia:

— O carneirinho sumiu. Fui lá correndo de madrugada, mas era tarde. Foi passear no Céu. Ou foi comido por um lobisomem. Bem feito para o lobisomem. Morre logo depois, envenenado.

— Mas o carneirinho morreu?

— Morrer não morreu, mas agora tem de passar uns tempos sumido. Só acontece na Quaresma. O lobisomem queria entrar na igreja e foi se esconder na torre. Aí é que desgraçou: comeu o carneirinho e morreu.

— Você viu?

— O lobisomem? — Sanico sorriu da minha ingenuidade.
— O lobisomem morre e desaparece no ar.

Eu queria saber por que não se matava lobisomem a tiro. Sanico explicava que lobisomem não morre com tiro. A bala atravessa o seu corpo sem deixar marca ou ferimento.

Sanico do Segredinho sabia histórias sem fim de lobisomens. E de mulas sem cabeça, botando fogo pela boca e pelas ventas. Conhecia um lobisomem com novecentos anos de idade.

— Nossa Senhora!

— Quer um branquinho?

— Lobisomem?

— Carneirinho, seu bobo. Agora, tenho brancos, verdes, vermelhos, listados. De todas as cores. Sortidos.

— Quero um branco — eu escolhia.

Sanico voltava atrás:

— Não, Juquinha, branco não serve. Suja à toa. Está decidido. O seu é azul. É o mais bonito e o mais mansinho.

No dia seguinte, a história recomeçava. Sanico tinha arranjado um outro, ainda mais azulzinho. Estava desmamando. Eu tinha de esperar mais uma semana. E tinha de cuidar muito bem dele. Dava a minha palavra de honra que ia cuidar. E confiava. E de novo esperava, certo de que era preciso continuar o jogo. Melhor do que tê-lo ao alcance da minha mão, era vê-lo a caminho no meu sonho. Se nunca chegou, não foi culpa do Sanico. Se um dia se afastou de mim, até desaparecer, também não foi culpa sua. A culpa foi minha, que fui ficando distante do companheiro da minha infância.

18

Ninguém mais podia supor que sá Carmela fosse ter filho. Um despropósito, Zezé estava moça, Dulce ia pelo mesmo caminho e eu tinha assegurado o meu lugar de caçula. Mas um belo dia soubemos que mamãe estava esperando.

— A senhora devia de ficar mais resguardada — dizia a Inácia, vendo sá Carmela se agitar como de costume, a barriga crescendo, a saia folgada. Trabalhava em casa, mas se esfalfava sobretudo fora de casa, atendendo as clientes. — Posso falar, fui mãe de cinco — a Inácia tinha autoridade.

A Inácia era a mulher do Galdino, que morreu logo depois da venda da chácara. Dos seus cinco crioulinhos, três foram para o céu e dois foram adotados por almas piedosas, para criar. Mamãe não quis ficar com nenhum. Para dar despesa trazia na barriga mais uma cria. A barriga, cada vez mais redonda, não estorvava na labuta de todo dia. Pesada, cada vez mais gorda. Ou inchada. Mal chegou aos quinze anos, Zezé pegou um namoro firme. Não era gente para mais nada. O rapaz, um tal Alfredo, tinha recurso, filho de um fazendeiro dos lados de Santa Rita. Sá Carmela fazia gosto. Não queria as filhas malcasadas.

— Melhor na peça do que mal cortada — sentenciava.

Naquele dia, mamãe pulou da cama mais cedo e começou a varrer, a espanar, a vasculhar. Coisa mais sem propósito. Natureza disposta, raça de gente ativa, não é à toa que fazia pouco da raça dos Sacramento. Povo sem fibra, ela dizia. Até por lavar o assoalho, ela se decidiu. Carregou balde e esfregão, depois quase botou a

Inácia para fora da cozinha e enfrentou o forno e o fogão. À noitinha, sentiu que sua hora se aproximava e pôs tudo à mão.

— Vou chamar o seu Juca — Sanico ia saindo para a farmácia.

Sá Carmela se recusou, teimosa:

— Deixe aquele pamonha em paz.

Zezé tinha ido passar uns dias em casa da tia Jacinta, em Santa Rita, para conhecer a família do noivo. Vendo a patroa tão disposta durante o dia, a Inácia saiu para a novena. Dulce dormia. Vovô na rua andava metido com a laia de cachaceiros. Gentinha à toa, trocadores de égua, até negros fugidos da lavoura — dizia minha mãe.

Na cozinha, quentando fogo, Sanico me falava de mulas sem cabeça, de lobisomens, do carneirinho azul. E mais uma vez me contava a história do Cavaleiro da Capa Preta, que à meia-noite atravessava a cidade e diante da igreja se evaporava no ar. A noite era fria e calada. Um rato roía o milho na despensa. Ao longe um cachorro latia. De repente, um grito. Eu me agarrei com o Sanico.

— É sá Carmela, bobo — Sanico afiou o ouvido. — A lua está forte, não passa de hoje.

Sanico não entrou no quarto. Ficou junto da porta, respeitoso, chapéu na mão.

Minha mãe se contorcia em cima do catre. Mandou que eu aproximasse da cama o jarro e a bacia. Adivinhando Sanico ali do lado de fora, deu ordem para que trouxesse uma chaleira de água esperta.

— Avie-se, seu sabascuá de rabo — disse ela para um Sanico que não ousava se mostrar.

Minha vontade era sair correndo, mas as minhas pernas tremiam. Apelar para quem? O doutor Aristides tinha se mudado, morreu. Sanico entrou com a chaleira, encheu a bacia em silêncio.

— Chegou a minha vez — disse ela. — Podem ir. É hora da parteira parir.

Como eu permanecesse indeciso, Sanico me puxou pela mão. Na penumbra do quarto cheirando forte a éter e a sal de cozinha, eu jurava que tinha visto uma grande mancha vermelha no lençol. Sanico e eu não tínhamos coragem de nos encarar. Lá fora, a noite tinha empalidecido. Podia-se ver pelo trecho de luar que entrava pela janela da sala e se espichava pelas tábuas largas do assoalho. Sanico foi até a cozinha reacender o pito. Saí atrás dele, com medo do que podia acontecer.

— Deixe estar que sá Carmela se despacha — disse ele. Daí a pouco, ouvimos os primeiros vagidos.

Sanico reacendeu o cigarrinho de palha na brasa do tição e me olhou, confiante.

Quando papai chegou, mamãe tinha dado banho na recém-nascida, a carinha repontando de dentro do cueiro. Chorava forte, como se fizesse questão de anunciar a sua chegada ao mundo.

— Mais uma mulher para sofrer — disse sá Carmela, os cabelos molhados e puxados para trás.

— Não mandou me chamar? — papai não se perturbou.

— Para quê? — a voz de minha mãe tinha uma nota de vitória e desdém.

Sanico saiu correndo para escolher um carneirinho para o neném.

— Branco. Carneirinho de menina é branco — disse ele, sério.

Papai tomou o pulso da parturiente, os olhos no relógio espalmado na mão. Ajeitou cada coisa no quarto e se debruçou sobre a caminha. Depois apagou a luz e foi dormir na sala.

Acordei com o barulho do vovô. Bufando e grunhindo, cambaleava pelas paredes. Tinha sabido da nova por Sanico, que foi encontrá-lo na venda. Meu pai procurava conduzir o velho para o fundo da casa. Dava um passo, parava, arrotava com estardalhaço. E discursava enrolando a língua. Mas todos entendemos e não esquecemos o que ele bradava, como um refrão:

— Carmela, de quem é esse filho? De quem é esse filho, Carmela?

19

Zezé ia fazer dezessete anos. Papai achava que era cedo para casar. Mamãe achava que a filha não podia perder um partidão daquele. O casamento foi marcado para a festa de Nossa Senhora da Conceição.

— Tempos bicudos, Carmela. Casamento é um incêndio — meu pai se intimidava.

— O dinheiro foi ganho com estas mãos nos miúdos das minhas coelhas. É dinheiro de mulher parida — mamãe pegou o que restava da venda da chácara e mandou Zezé fazer compras em São João del Rei.

— Casório de arromba — a Inácia se animava. — Um festão!

Na azáfama de duas doceiras de mão-cheia, formas, travessas e caçarolas iam da sala à cozinha, da cozinha à despensa. Um carro de bois despejava toras de lenha debaixo da coberta. O forno de barro ficou aceso dia e noite. Da fazenda do noivo vieram queijos, requeijões, caixetas de marmelada e de goiabada-cascão, uma quarta de fubá e outra de farinha de mandioca.

— Juquinha, dá um pulo no armazém e apanha três quilos de farinha de trigo da boa — ordenava minha mãe.

Se aparecia, Sanico era pau para toda obra: tirava os ovos da palha, abanava o fogo, rachava lenha, apanhava salsa e pimenta na horta. Escondido, enfiava a ponta do dedo nas travessas de doces.

A Inácia matou três perus, depois de lhes deitar cachaça pela goela abaixo. Limpou e cortou a banda do capado, presente de um tio do noivo. Só depois preparou a leitoa, toda enfeitada. Sanico pediu à Inácia para torrar umas peles de porco antes da hora e roía, uma a uma, durante o dia.

Dona Emerenciana o dia inteiro trabalhava no quarto de costura, Zezé impaciente, nervosa, as provas se sucediam, para aprontar a tempo e a hora o mais lindo vestido de Lagedo. Enganavam-se com sá Carmela, os despeitados.

— Tudo com dinheiro roubado — gritou meu avô, no meio da noite. Tinha declarado guerra aos ratos, mas naquela noite não acertou com o jeito de armar a ratoeira na despensa.

20

Até que chegou o dia do casamento. Zezé nervosíssima, entre alfinetes e chuleados. O noivo, o varapau Alfredão de todo tamanho, compareceu na hora na sua fatiota, canhestro e escanhoado. Falava arrastado — e só falava com a parentela que compareceu.

— Da roça, mas rico e bem-aparecido — ciciavam as comadres. — Também pudera, Zezé está um mimo!

— O véu de renda é o do meu casamento — anunciou mamãe. Os convidados a achavam conservada e bonitona.

O juiz de paz já contava com o atraso. O livro em cima da mesa, na mesa uma toalha branca, nas pontas dois jarros de flores — e a mão de Zezé tremia na hora de assinar o compromisso de papel passado.

À tardinha, o padre Chico celebrou o casamento religioso. Mal acabou a cerimônia, Sanico tirou as botinas que lhe mudavam o passo. Pôs na cabeça o surrado chapéu de todo dia e, com o cigarrinho de palha na boca, sumiu na cozinha.

Papai, atencioso, não tomou conhecimento do sumiço do padre Chico, que nunca mais tinha aparecido na Farmácia Sacramento.

— Por mim, mandava vir um padre de fora — mamãe ameaçara, magoada. O vigário era agora assíduo na farmácia rival, bafejada pelo prefeito, pelo Nassif, por toda a canalha dos revoltosos.

— Não se passa recibo — papai se refugiava num silêncio orgulhoso.

O noivo atraiu gente de Santa Rita e de São João del Rei. Parentes e amigos de Tiradentes, de Prados e do Turvo vieram a cavalo, de trem, ou de jardineira. Sapatos lustrando e gravata prateada, papai cumprimentava distinto um e outro, trazia Dulce pela mão e me fazia uma festinha no cabelo muito bem penteado.

O corpo cintado num paletó curto — o defunto era maior, zombou minha mãe —, vovô indagou pelos conhecidos, perguntou pela lavoura e se deu a conhecer. Identificou parentescos remotos, recordou o tempo das vacas gordas, contou casos do tempo das fazendas da Cachoeira e do Segredinho. Bons tempos, de gente abastada e feliz.

Sá Carmela distribuía beliscões pela criançada, espicaçava a Inácia e as mucamas convocadas para a ocasião. Cuidava de servir cada um a contento, recomendava os quitutes, providenciava embrulhinhos de doces para os que se retiravam — tão cedo, fique para o baile! E tinha o olho em Zezé, agradava o nubente Alfredão, postado junto ao bolo da noiva.

Sanico conhecia os músicos e rondava a orquestra.

A certa hora da noite, vovô cansou de sua compostura. Deu o fora e foi beber cachaça na venda.

— A escória da cidade — denunciou minha mãe. — Gente da sua laia.

Voltou com a festa acabada, no raiar do dia.

21

Chamava-se Rita Maria. O casamento já tinha passado, quando ela chegou, a tempo de comer uns doces e enterrar os ossos do banquete. Eu conhecia uma Rita e várias Marias. E conhecia, claro, santa Rita dos Impossíveis. Mas Rita Maria era para mim um nome original e uma criatura mais que impossível. Vinha do Rio de Janeiro, a capital, a cidade grande, com o Pão de Açúcar e a mais linda baía do mundo. A moça de dezoito anos subiu a montanha e com ela subiu o esplendor que dela emanava.

Era filha do primo Abelardo. Mamãe foi com Dulce buscá-la na estação. Chegou toda espontânea e veraz. Falava alto, olhos ágeis, gestos desenvoltos. Tratava todo mundo de uma forma ao mesmo tempo carinhosa e superior.

— Carmela — dizia à minha mãe —, como você está bem! Pensava que fosse uma velha.

— Qual! Bem deve estar Zulmira com os bons tratos do Rio — mamãe retribuía, com uma referência à mãe de Rita Maria.

Meu pai queria saber como ia o primo Abelardo. Continuava na estrada de ferro? É isto mesmo, a vida separa, os homens põem, Deus dispõe. Mamãe preparava a mesa para o café com biscoitos. Rita Maria louvava o porte, a disposição, até o corpo de sá Carmela. Em nosso apagado cotidiano, todos nos apresentávamos polidos uns com os outros — até a Inácia. Uma família bem constituída e bem-educada. Papai não deixava de vir fazer as refeições. Sentava-se à cabeceira, contava casos, dirigia-se a sá

Carmela com um toque de cordialidade meio artificial. Mamãe gracejava, se policiava, evitava expressões vulgares. Rita Maria se interessava, queria saber como é que ela fazia aquele doce delicioso: — Carmela, você tem de me dar a receita! Já mocinha, Dulce se enfeitava. Todo dia era dia de festa. Pano na cabeça, pés no chão, avental limpinho, mas feito de saco de farinha de trigo, a Inácia limpava as mãos e vinha espiar na porta a impossível hóspede.

— Ó gente, sestrosa, mas muito simpática!

— Não repare — desculpava-se mamãe, cheia de dedos.

— Ora, Carmela, francamente — Rita Maria estalava as palavras de uma forma saudável. Lamentou que não tivesse visto Zezé, que continuava na fazenda do Alfredão. Pediu retratos e achou-a um encanto.

Rita Maria puxava pela língua do velho Sacramento, os olhos faiscando, ouvia histórias de caçadas e de pescarias. Todo mundo pedia a Deus para vovô não dar vexame. Mamãe pensou em recolher o velho no beco do Cotovelo, com o Sanico do Segredinho. Ele repeliu a ideia, quase que entornou o caldo. À mesa podia arrotar alto, e adeus reputação da família. Só nos últimos dias é que vovô decaiu. Rita Maria achava tudo natural, não reparava. Até que uma noite deu de cara com o velho a perseguir os ratos na despensa. Babava nos braços do papai, por sua vez morto de vergonha. Viu-o mijar por trás da cozinha e cuspir atrás da porta. E viu, uma vez só, mas viu mamãe perder a paciência com vovô e gritar sem cerimônia.

Assim mesmo, os dias decorriam felizes e as noites terminavam com uma tertúlia. Milagre de Rita Maria. Alegre e expansiva, era a última a se recolher. Dormia na cama de Zezé. Do meu quarto eu ouvia sua voz sonora. Conversava com Dulce, falava sozinha e até cantava. Ria a bom rir, em perfeita camaradagem com quem por acaso se encontrasse.

Eu sonhava com Rita Maria, numa cidade de gente espontânea e descontraída que devia existir bem longe do horizonte fechado de Lagedo.

22

Atenciosa com todos, Rita Maria falava comigo e me olhava como se eu fosse um bobinho. Nunca me viu, nunca percebeu os meus olhos quentes e gulosos.

Eu inventava pretextos para ficar junto dela. Quando se sentava junto da máquina de costura, conversando com mamãe, eu me deitava no chão de tábuas largas e namorava os seus pés nus dentro das sandálias.

— Esse menino anda jururu, bom será se não estiver doente — minha mãe levava a mão à minha testa, queria saber se eu tinha febre.

Filtrava um arzinho fresco pelas frestas das tábuas — eu tinha febre, sim, e tinha medo que descobrissem. Queria sair, ir brincar lá fora, mas meu corpo não se descolava do chão. E devorava os pés, as pernas e os joelhos de Rita Maria.

Um dia a Inácia chegou com a novidade: o Lico do Coletor queria namorar Rita Maria. Tive vontade de matar o desaforado do Lico. De braço dado com Dulce, Rita Maria passeava à tarde, lavada, fresquinha, os cabelos soltos. Eu a acompanhava de longe, mas em casa, a um passo dela, eu respirava o seu ar e aspirava o seu perfume. Bebia o resto de café com leite que ela deixava na xícara. Esperava ela sair do banho e me trancava no banheiro. Buscava os traços de sua presença. Arrancava do pente os fios de seu cabelo e os escondia no Adoremus. Agarrava sobressaltado a sua toalha de banho. E tudo era uma troca intensa. Da minha parte, o mundo era uma febre de promessas e certezas.

23

Na véspera de sua partida, de quem foi a ideia? Foi dela? Foi minha? Minha não foi. Fomos passear no Remansinho. Rita Maria, Dulce e eu. À frente ou atrás, chutando as pedras com o pé descalço — queria me machucar, sofrer. Apanhei uma vara e saí dando varadas a torto e a direito. Fustigava as moitas à beira da estrada, riscava com fúria o pó da trilha.

No poço do Remansinho, nos sentamos à sombra de uma jaqueira. A voz de Rita Maria se misturava ao marulho da água que espumava adiante, no véu da cascata. De costas, mãos sob a cabeça, olhos abertos contra o céu infinito, eu fitava a abóbada vazia diante de meu tumultuado coração. Pulsava no meu sangue a certeza de que eu era um ser livre e secreto, mordido pela raiva de me saber incomunicável.

Rita Maria e Dulce por um momento se afastaram. De repente, Rita Maria, anjo, deusa, surgiu completa, verdadeira — e despida. Meu Deus, estava nua!

Rita Maria veio se movendo, se melomovendo, e parou juntinho de mim, monumental. Ergueu os braços como se eu não existisse. Ajeitou os cabelos e conversava com Dulce, a poucos passos dela. Tinha as pernas altas e os joelhos redondos eram mesmo redondos. Os braços leves, as mãos tão finas, os ombros tímidos e perfeitos, as costas onduladas. Tinha os sovacos raspados. Tinha pescoço e cintura. Tinha o ventre, as ancas, as coxas e os seios. Tinha os seios prometedores debaixo do claro maiô esticado, prestes a arrebentar e a libertar a sua nudez.

Os braços como remos, braços-asas, caminhou livre até o poço e saltou na água. Mergulhou, reapareceu de olhos fechados. Boiou por um instante e de novo reapareceu, Vênus nascida das águas. Andava com todo o volume do seu corpo — as pernas, a cintura, os braços e a cabeça.

— Está fria a água? — Dulce perguntou.

— Fresquinha — disse Rita Maria, puxando no x. — Estou toda arrepiada, olhe só. — E voltou a cair. Flutuava, batia pés e pernas, subia a pedra, inteira, com receio de escorregar no limo. Saltava com gritinhos de medo e euforia. Intocada, estranha ao mundo, estranha a Lagedo, à minha família e a mim. Pertencia ao mundo de tudo que nunca vi — lobisomem, mula sem cabeça, o meu carneirinho azul.

24

Rita Maria partia pelo noturno e fomos todos levá-la à estação. Como a temperatura tivesse caído e ameaçasse chover, mamãe me enfiou a pelerine, de capuz à cabeça.

— Tão pouco tempo. Não aproveitou nada — lamentou minha mãe.

— Foi ótimo, Carmela, adorei — contestou Rita Maria. — Vou passar o Natal em casa e volto.

Despedia-se com longos abraços e beijos. As mãos dadas custavam a se desprender. Entre nós ninguém se beijava ou se abraçava daquela maneira. Dizia uma palavra, voltava a abraçar e a beijar. Até que soou o último sinal. O trem ia partir.

— Não vá perder o trem — advertiu meu pai.

Só então Rita Maria me olhou pela primeira vez — e entendeu tudo. O trem começava a se movimentar, gemendo nos trilhos gonzos e ferros. Ignorando o burburinho à sua volta, ela me segurou pelo queixo, e enfiou nos meus olhos os seus olhos cor de cinza e mel. Puxou o meu rosto para junto do seu rosto — e ficamos sozinhos um e outro, ela comigo, eu com ela, à vista de todo mundo.

— Coitadinho, está chorando — disse ela afinal. E me deu um beijo. De um salto, alcançou depois a escada do vagão. Da plataforma, acenou para todos nós. E de novo só para mim. Não, eu não estava chorando. Não podia me denunciar. Nunca mais nenhum carinho me doeu tanto e por tanto tempo. Começava ali a minha solidão.

25

Aquele menino e o caminho da estação a casa. Ninguém lhe deu a mão. Já sabia andar por sua conta e risco. Aquele menino com capuz para não tomar sereno. Os adultos que o acompanhavam viam por cima de sua cabeça e por fora do seu coração. Faziam recomendações banais. Não chute pedra com a botina, tire a mão do bolso, abotoe a capa que está esfriando. Mas não era o sereno que ameaçava o menino entregue a si mesmo. Estava agasalhado e alimentado, tinha cama quente para dormir e espaço livre para se mover. Existir, ser sozinho consigo mesmo, estar entregue a si mesmo, livre para ser sua presa — este era o perigo que trazia dentro dele, como um verme dentro de um fruto.

26

À noite, eu rolava na cama, encolhia as pernas e os braços. Me encolhia inteiro, queria sumir. Via seus olhos a me olhar, sua mão a me acenar. Sentia no meu rosto de menino os seus lábios de mulher. Afinal dormi e acordei pela madrugada. Na sala, o tique-taque do relógio me repetia o nome de Rita Maria. Saí da cama e abri a janela da rua. Suspendi a vidraça devagarinho para não fazer barulho. O ar frio da madrugada me bateu no rosto. Os postes suspendiam lâmpadas de uma luz cansada. O silêncio guardava com usura um resto de sono das famílias. Nada, nem morte de velho, nem doença de criança, nada perturbava a paz da madrugada. Os galos começavam a cantar. Próximos e distantes, convocavam outros galos e teciam a manhã por cima do mofo dos telhados. Mais um pouco e a cidade começou a acordar. Beata tossindo no caminho da igreja, leiteiro, padeiro, trote de cavalo nas pedras da rua, latido de cão, passarinhada cantando invisível na sombra densa das árvores. No quarto, pequenos estalidos se desprendiam dos móveis. A luz de um novo dia reinventava o catre de cabeceira alta e redescobria o Crucifixo na parede. Dois mundos se desafiavam: lá fora, o sol nascia além do morro e da serra. O céu se coloria enquanto os galos cantavam. Cá dentro, o quarto agasalhado, familiar, minha primeira noite branca.

Fechei a janela e me deitei. Mais um pouco e o sol fundava o seu reinado de certezas e de coerência. Tomado por uma tontura, o quarto levantou âncoras e viajou por sobre águas tranquilas, atrás de um simples aceno de mão. Eu via pela primeira vez o dia nascer. Mas uma sombra tinha penetrado no meu coração para nunca mais sair.

27

Outras vezes voltei ao poço do Remansinho. Entrava pelado n'água, tomava um banho demorado e solitário. Voltava para casa com os olhos ardendo, um gosto de água no nariz. A água zumbia como uma abelha nos meus ouvidos. A pele das mãos se enrugava como a casca de um fruto maduro.

— Esse menino anda com o Diabo no corpo — minha mãe mal tomava conhecimento das minhas longas ausências.

O corpo do Diabo sonhava acordado com Rita Maria, que as mesmas águas do Remansinho tinham deixado escapar.

28

Com ideias estouvadas, um jeito grandalhão, Edu tinha os pés chatos e os olhos empapuçados.

— Vamos no pastinho — ele vinha me chamar, o sorriso branco na cara parada.

Montava em pelo nos animais e cansava os cavalos no galope.

— Vem cá em casa — Edu ordenava. Sua mãe vivia trancada num quarto com janelas de grades de ferro. Seus uivos se ouviam à distância.

— É doida furiosa — todo mundo murmurava. Rasgava a roupa do corpo, fazia no chão as suas necessidades, não comia na vista dos outros.

Edu tinha sempre novidades para me atrair. Naquela tarde, ligou o fole de matar formigas a um caixote com pregos de todos os lados e saímos para a caçada. No peitoril da janela da casa de dona Emerenciana, a costureira, dois gatos modorravam, um de frente para o outro. Edu se aproximou e com mão amiga acariciou as costas do primeiro gato, os olhos cerrados pela preguiça. De repente, agarrou esse e eu tentei agarrar o outro. O gato se contorceu nas minhas mãos, ameaçava me gadanhar. Quando arreganhou as presas, tive medo e ele escapou.

— Abre a tampa — disse Edu, no quintal de sua casa, com o gato nas suas mãos grossas.

Depois se agachou até o caixote, atirou o bicho lá dentro e fechou rápido a tampa. Molhou um pouco de terra na água, preparou uma argamassa de barro e vedou uma por uma as frinchas, para impedir que o formicida escapasse. Voltados para dentro do caixote, os pregos feriam a vítima, que miava e bufava aos saltos. Edu apertou o fole uma, duas, três vezes. Com um baque surdo, o gato tentava desesperado escapar.

— Agora você, mas devagar. — Edu me fez seu cúmplice.

Eu não queria dar parte de fraco. Só quando um suor frio começou a porejar na minha testa, é que me afastei, com a desculpa de que ia urinar. Mas eu queria era vomitar.

— Você agora — Edu insistiu.

O gato se debatia e miava, feroz. O fole inflava e soprava. As pancadas foram fraquejando aos poucos até cessar por completo.

— Se estiver vivo, ele morde. — Despregada a tampa, as presas à mostra, os olhos estatelados, o gato estava imóvel. — Mortinho da Silva — atestou Edu.

Com a desculpa de que ia abrir a cova, de novo me afastei. Fui cavar com a enxada junto das bananeiras. Não conseguia conter os vômitos. Edu veio vindo com o gato pelo cangote até o buraco que eu abria no chão. Depois de deitar terra sobre o cadáver, pulou em cima da cova, os pés disformes.

— Vá buscar o outro. — E Edu cuspiu com desprezo.

— Tenho de voltar para casa — pretextei.

— Maricas. — Ele me olhou com nojo.

— Parece doido — disse eu.

— Antes mãe doida do que vagabunda. — E Edu passou a me ofender com palavrões. Me agarrou pela camisa e rolamos pelo chão. Sorte minha, a Inácia apareceu nessa hora. Mamãe me chamava para experimentar uma roupa nova. Eu ia enfrentar dona Emerenciana.

Nariz sangrando, nos ouvidos os duros xingamentos de Edu, entrei em casa sem que me vissem. Passei por Maria do Sudário e fui lavar o sangue na bica. Depois me escondi entre os galhos da mangueira, no fundo da horta.

— Juquinha! Juquinha! Onde se meteu esse menino, meu Deus? — sá Carmela gritou, gritou e acabou desistindo de me achar.

Eu chorava de raiva de não ter reagido às grosserias de Edu. De repente, como pedradas, as palavras do vovô ecoavam do fundo da noite em que nasceu Maria do Sudário: — Carmela, de quem é esse filho? De quem é esse filho, Carmela?

29

Por ocasião do casamento de Zezé, mamãe resolveu entregar os pontos. Acabar com aquele capricho — e convidar o prefeito.

— Esse sujeitinho não pisa na minha casa — papai fincou o pé para valer. Ou o dono da casa, ou o assassino do doutor Aristides.

A festança do casamento foi a visita da saúde. Até parece que mamãe adivinhava o que vinha depois. Seu Juca a cada dia estava mais esquivo. Descia da calçada para dar passagem a cachorro, dizia sá Carmela.

Prosperando sempre, a outra farmácia abriu uma loja de quatro portas num ponto central. O prefeito se firmou, com o ricaço do Nassif dando as cartas nos bastidores.

— Lobo não come lobo — sá Carmela se recusava a compreender.

Diante dos potes coloridos de drogas e essências, poucas vezes manipulando no pequeno laboratório, os olhos fixos num ponto vago, seu Juca tinha a mente ocupada em alguma coisa para além das coisas. Andava abúlico.

Mamãe pôs o orgulho de lado e pediu ao padre Chico para ver o que podia fazer. Meu pai não quis saber de conversa com o vigário, nem com ninguém.

— É uma desgraça a falta de fé. — E padre Chico deu por encerrada a missão.

— Chaleira do prefeito — disse minha mãe entre dentes.

Conformada com a decadência da farmácia, fazia doces e biscoitos que Sanico ia oferecer pelos botequins. Dulce, que podia ajudar, não ajudava. Sempre a namorar. Encurtava o vestido, abria o decote e ressaltava as formas. Fugia de sá Carmela, fugia de todos nós. Ameaçava ir sozinha para o Rio. Queria imitar Rita Maria.

Papai resolveu hipotecar a casa.

— A casa não, Juca. — Mamãe não deixou. — Na casa ninguém toca. Aqui há de ser feito o meu velório.

Falava em velório da boca para fora. Apesar das canseiras e das noites em claro, tinha o corpo desempenado e sacudido. Saía para a rua, até onde houvesse uma coelha disposta a botar mais gente no mundo. Não tinha hora para chegar, nem para sair. Dulce namorava até tarde, ora um, ora outro. A menina não era boa bisca — matraqueavam as más línguas. Ela própria é quem puxava os rapazes para o escuro. Maria do Sudário vivia pelos cantos, entregue aos cuidados e à displicência da Inácia.

Metido com a arraia-miúda, vovô prometia terra com lavoura da boa e gado gordo a quem lhe pagasse um trago. E entrava em casa aos palavrões. Nunca perdoou a sá Carmela a venda da chácara: — Ladra! Ninguém me faz de bobo. Está para nascer quem passe a perna no Juca Sacramento. — E vovô socava o peito magro, com violência.

Mamãe sonhava em me mandar para fora, tirar o ginásio em São João del Rei. O colégio interno era caro. Mas sá Carmela tinha confiança. Na sua mão fazia o dinheirinho render. Haveria de me pagar os estudos. Iria fazer de mim um homem. O único homem da casa.

Deitado no assoalho de tábuas frescas, eu ouvia sem fé. No alto da serra, Lagedo se espreguiçava. A cidade bocejava, sem nenhum presságio.

No quintal, as galinhas de bico aberto ciscavam, calorentas. Três horas da tarde e Sanico do Segredinho não aparecia na indolência daquele verão.

O velho Sacramento roncava na alcova a que tinha sido relegado. Acordava, escarrava e saía. O tédio andava pelos quartos e ia até a cozinha. Toda a casa era uma preguiça só.

Na botica solitária, seu Juca em silêncio parecia conformado. Fregueses ausentes, negócio falido, se metia pelas bibocas. Ninguém sabia o que procurava, ou o que achava.

— Dei de cara com aquele palerma — minha mãe, sempre ativa, despachada, parecia falar de um estranho. Na rua ou em casa, sempre ocupada. Tudo a entretinha. Tocava a vida para a frente, sem tempo a perder.

30

Depois da cozinha, de um lado estava a coberta em que ficava o depósito de lenha. Do outro lado, passando pelo forno de barro, abria-se o patiozinho calçado de pedras. Antes de começar a subir a horta, a bica. Um olho-d'água que nascia logo ali. Dotado de bom regime, só numa seca mais demorada quase parou de correr. Dizia seu Juca que era água ferruginosa, com propriedades medicinais. Vinha pelo rego de madeira, na ponta se afunilava e caía gorgolejante sobre a tina escura, maior do que uma barrica comum. A tina estava sempre cheia. Água limpa, borbotante.

Foi dentro dessa tina, a cara emborcada, um braço dentro d'água e o outro braço pendente para fora, de bruços, que vovô foi encontrado. O bastão d'água lhe caía na cova da nuca. A Inácia é que cedinho deu com o velho naquela postura — e saiu gritando pela casa adentro. Papai acudiu logo e retirou a cabeça do velho Sacramento de dentro d'água. Grandes orelhas, narigudo, arroxeado, estava um monstro de feio, como disse a Inácia.

Sanico apareceu para ajudar, mas mamãe fez questão de cuidar de tudo. Sanico então foi dobrar a finados — e dobrou com os floreados que merecia um membro da Irmandade do Bom Jesus. De casa em casa, detalhou a nova fúnebre. De viva voz, podia dizer que vovô morreu bêbado, mas não disse.

Com a ajuda da Inácia, a se persignar de minuto a minuto, mamãe carregou vovô para o quarto. Um pernalta, o velho Sacramento. Ameaçava endurecer todo torto. Papai tomou rumo ignorado. Dulce espiou o defunto em cima do catre e foi tagarelar nas casas em que houvesse rapazes para namorar.

— Viveu nas minhas costas, morre nas minhas mãos — disse sá Carmela.

Fez um curativo na ferida que resultou da pancada contra a tina. Vestiu o velho Sacramento com a roupa do casamento de Zezé. A custo entraram nos pés rígidos as botinas ringideiras.

— Não pôde chorar a lágrima da morte — disse Sanico.

A lágrima da morte é a última lágrima deste vale de lágrimas, em que todos ao nascer entramos chorando, aos gritos. E do qual nos retiramos chorando, mas em silêncio. Era costume em Lagedo colher essa última lágrima e guardá-la como uma mensagem de dor e saudade.

No velório, papai reapareceu e ficou sentado a um canto, a cabeça baixa. O caixão foi entulhado de flores do mato, trazidas pelas carpideiras prestimosas. Eram as agradecidas coelhas de sá Carmela. Mamãe encomendou uma coroa com as saudades do filho, da nora e dos netos.

O enterro saiu à tardinha. Apesar da morte súbita, o defunto cheirava. Gente distante da família Sacramento compareceu. O farmacêutico rival fez questão de seguir o cortejo até o cemitério. O prefeito mandou representante. O Nassif felizmente estava fora, a serviço de suas trapaças. Era bem capaz de vir chorar lágrimas de crocodilo sobre o velho que ajudou a matar. Zezé e o Alfredão não foram avisados a tempo, nos cafundós da fazenda. De preto, Dulce precisou de amparo e se agarrou às mãos do namorado, um forasteiro. Tinha vindo rever parentes em Lagedo e prolongava o momento de voltar à sua terra. Sanico lamentou a ausência da banda de Santa Cecília, para a marcha fúnebre.

Em compensação, plangeu com arte o sino de São Basílio, na hora do enterro.

A cara devastada, papai pegou numa alça do caixão. O padre Chico fez a encomendação do corpo. Na hora de baixar o caixão à sepultura, o vigário pigarreou, ergueu a cabeça e, de sobrepeliz, exaltou as virtudes daquele filho da Igreja, que era o patriarca de uma tradicional família. Ali terminava a longa e fecunda peregrinação de João Sacramento sobre a terra.

Dulce e Mariana choravam. Eu não conseguia me comover. Não me saía da mente o tamanho do defunto no caixão. Sua cara inchada, a ferida na testa, o nariz empolado e batatudo, com as abas arroxeadas.

À noite, a casa cheirando a flores e a morte, todo mundo teve saudades das carraspanas do velho Sacramento. Era um sinal de vida no seio de uma família inapetente. Sanico acendeu o cigarrinho na brasa do tição e saiu como de costume sem se despedir. Mas havia qualquer coisa diferente no seu jeito de olhar para dentro.

— Baixou à terra como fidalgo, não pode se queixar — e mamãe revelou que o resto do dinheirinho da chácara custeou o enterro.

Trancado no quarto escuro, eu queria dormir para esquecer, mas não dormia. A cara do vovô no caixão, a cabeça do vovô dentro da tina d'água. Pena e medo do vovô, da mamãe. Do papai. De todo mundo e de mim também. Adormeci com a cabeça sufocada no travesseiro.

31

Eu, testemunha silenciosa, calava a véspera. Vida é segredo. Papai não ficou em casa naquela noite. De tanto pensar no compadre doutor Aristides, aderiu à tentação de encontrá-lo como alma do outro mundo. Queria lhe pedir conselhos. Queria ajuda. Mamãe tinha avisado que ia chegar tarde. Dulce, agarrada com o seu forasteiro, dava pasto às más línguas. Eu tinha ouvido até alta hora histórias de assombração do Sanico do Segredinho.

— A boiada está passando — disse Sanico, ao me ver cabecear de sono.

Deixei Sanico no borralho da cozinha e fui para a cama. Tinha acabado de bater meia-noite. O Cavaleiro da Capa Preta devia estar atravessando Lagedo. Contei uma a uma as badaladas no relógio da igreja e, por causa da conversa com Sanico, senti arrepio de medo.

Ainda não tinha pegado no sono, quando ouvi vovô chegar. Tossia, escarrava e se escorava pelas paredes. Apurando o ouvido, compreendi que insultava alguém que o acompanhava. Era sá Carmela. Vovô e mamãe coincidiram na porta de casa. O velho Sacramento, pinguço, não perdeu a ocasião de armar a sua rixa. A Inácia estava ausente.

Mamãe tangeu o velho até a sua alcova. Vovô tropeçava, soluçava e xingava sá Carmela, que em vão lhe pedia calma. Quando mamãe voltava da alcova, a batalha aparentemente vencida, vovô reapareceu em cena e veio cambaleando até a sala de jantar.

— Juízo, seu pau-d'água — mamãe tinha a voz enérgica, mas abafada. — Olhe as crianças.

— Vou mijar — disse vovô com a mão na barguilha.

Se Sanico não intervinha, para conter o velho, é porque já devia ter ido embora, pensei comigo.

Mamãe procurava levar o vovô de volta à alcova e abriu passagem para o patiozinho. Vovô andava e parava, sem equilíbrio. Sá Carmela pedia silêncio pelo amor de Deus.

— Quem é o pai da menina, hem, Carmela?

De onde eu estava, podia enxergar mamãe de costas, de olho no velho lá fora. Queria aliviar a bexiga e não o conseguia.

— Quem é o pai, hem? — a voz soava forte, provocadora. — Eu sei de tudo!

Ousei mais uns passos à frente, no escuro, e vi sá Carmela puxar o velho Sacramento pelo braço, implorar que entrasse. E que se calasse.

— Vagabunda — arrotou vovô.

Foi aí que sá Carmela perdeu a calma e investiu:

— Velho pau-d'água! Fala porque queria que a filha fosse sua!

Vovô escorregou e suas pernas se abriram. As botas se arrastaram nas pedras como cascos. Ele pendeu todo de um lado até o chão. Quando se ergueu, avançou para mamãe. Avançou? Vi a confusão. Estava escuro. Aos empurrões, o velho caiu e não se levantou. Mamãe segurou-o pela gola do casaco, agarrou a sua cabeça com as mãos e mergulhou-a na tina cheia d'água.

— Porco — rosnava sá Carmela, fora de si. A noite sem estrelas se fechou sobre a nossa casa e sobre Lagedo. Mamãe se recolheu sem fechar a porta que dava para o patiozinho. Papai chegou, deu corda no relógio, tossiu e foi se deitar. Dulce entrou na ponta dos pés. Maria do Sudário dormia o sono dos justos. A Inácia só voltou na manhã seguinte.

O que se guardou na memória da família Sacramento e de Lagedo foi isto: vovô comeu muita farinha no jantar e, com sede, quis beber água. Na bica, escorregou, caiu e morreu. Tudo simples e lógico. Nem ao menos se falou de sua bebedeira.

Vida é segredo, Sanico.

32

Antes da missa de sétimo dia por alma do vovô, papai fechou de vez as portas da Farmácia Sacramento. Crivado de dívidas, nada, porém, parecia perturbá-lo. Continuou metido com os espíritos, agora com a presença do velho Sacramento. Nem ao menos pôs luto, ao contrário da mamãe, que se vestiu toda de preto. Dulce também. Sanico apareceu com um fumo na lapela rota — e a Inácia gabou o seu gesto de delicadeza. Eu pus uma fita preta no braço, e fiquei preocupado para não se despregar. No fim de dois ou três dias caiu. Já não era novidade.

A morte do velho Sacramento mudou a cara e o jeito de todo mundo. Se antes a gente pouco se comunicava, agora ninguém falava com ninguém. Até o Sanico andava esquisito. Não queria conversa e não tocou mais no carneirinho azul. Acabou me dizendo que tinha uma viagem em mira.

— Que história é essa? — sá Carmela não acreditou, quando lhe contei.

— Estou comprometido — disse Sanico, olhando de banda.

— E o sino, Sanico?

— O padre Chico se arranja — e deu de ombros.

Sanico apertou a minha mão e garantiu que era preciso. Era uma promessa. Não podia faltar.

— Você está crescendo, Juquinha — e me encarou com os seus olhos quase transparentes de tão claros.

Assim como entrava e saía, sem ninguém dar por ele, assim desapareceu. De fininho, sem deixar rasto sob seus pés que quase não tocavam no chão. Todo mundo supunha que ele andava por uma fazenda da redondeza. Qualquer hora podia voltar. Não voltou. Nunca mais voltou.

— Coitado — a Inácia olhava o cantinho perto do fogão, onde ele se acocorava. — Deve estar comendo o pão que o Diabo amassou.

Perdeu-se no mundo, sem rumo. Como o Rex, que fugiu da Revolução. Sanico pode ter sido arrebatado aos céus por um anjo. O mesmo anjo que um dia lhe cutucou o nervo da perna e o assinalou com aquele passinho sutil, meio manco, meio etéreo.

33

Papai tinha certeza de rever vovô, e na companhia do compadre doutor Aristides. Mas quem primeiro veio até ele não foi nem um nem outro. Foi dona Zélia, minha professora.

— Está ficando biruta — comentou a Inácia.

— Só não rasga dinheiro porque não tem — a minha mãe se impacientava. Mas não tinha tempo nem ânimo para gastar à toa. — Cada doido com a sua mania.

Mas seu Juca, convicto, lia a doutrina e invocava os espíritos. Queria construir um templo para a sua nova religião. Dona Zélia deu o seu recado e sumiu, graças a Deus.

— Está possuído pelo Demônio — decretou o padre Chico.

Sá Carmela agora sustentava sozinha a casa. Parteira de todas as mulheres fecundas e pontuais, multiplicava a vida para vencer a morte.

Livre da escola e dos deveres, eu zanzava pela casa. Saía e entrava. No quarto, em cima da cama, ou na horta, debaixo da ameixeira, lia o que me caía nas mãos. Pensava em escalar a torre da igreja. Não escalava. Subia com Maria do Sudário até o morro do Cutelo e olhava a cidade lá embaixo. A cidade me tinha como se tem uma moeda na mão fechada. A cidade havia devorado devagarinho um por um dos Sacramento antes de mim. O ócio daqueles dias era um espinho da minha carne. Enchia de ecos os silêncios do meu coração. Eu ia ver torrar café na cozinha e o aroma doméstico me tranquilizava. Se chovia, apreciava a água correr lá fora. A água da bica engrossava. A bica me trazia vovô de volta. Por onde andaria Sanico do Segredinho?

Ia azucrinar a Inácia na alcova que tinha sido o quarto do meu avô e agora era sala de passar roupa. A mulatona erguia o braço bronzeado, soprava a cinza do ferro de brasas. Eu cutucava suas nádegas que tremiam como gelatina.

— Olha que eu conto à sua mãe.

— Mamãe saiu — eu me fazia de desentendido.

— Sai, diabo — a Inácia ameaçava de chinela em punho.

O Diabo, porém, não saía.

34

Aniversário, qualquer um, era triste. Mas o de Maria do Sudário foi mais triste. Mamãe chegou suada da rua, com uma bonequinha holandesa de papel crepom. Espetou a bonequinha num bolo e fingiu que esperava seu Juca.

— Está recebendo os espíritos — sá Carmela, sarcástica, logo cansou de esperar.

Papai queria mesmo construir a tenda espírita para os lados do Pau de Cheiro. No Pau de Cheiro vivia a gente mais humilde de Lagedo. Lá sá Carmela tinha um bom número de suas fregueses. Inspirava confiança às coelhas mais pobres.

— A senhora estudou pra parteira, sá Carmela?

— Que estudou que nada! Livro nunca pariu. Aprendi parindo. E na barriga de tantas mulheres que partejei!

Seu Juca andava agora dando consultas. Curava mordida de cobra, sarava reumatismo e dava jeito em mau-olhado. Para a sá Carmela, a mesma negrada que bebia com o velho Sacramento cercava agora o seu Juca. Desesperada deste mundo, era gente que apelava para o outro, para os espíritos e até para Belzebu.

Papai continuava ausente, no aniversário da Maria do Sudário, quando começou a chover e a casa ficou sombria e úmida. Emburrada, Dulce namorava o Lico do Coletor, desencaminhador de donzelas e um tipo sem eira nem beira.

— Cruz, sá Carmela, até a senhora deu pra emburrar — a Inácia lamentava a falta de graça na festa da Sudário. Sudarinho, como ela dizia.

Partido o bolo, a aniversariante bateu sozinha as mãos inocentes. Ninguém a acompanhou. A chuva caía lá fora, pesada. As vidraças embaçadas, as almas também. Mamãe, cansada, já não era a mesma. Tinha engordado, o rosto corrido, o pescoço pelancudo.

Sudário foi cedo para a cama. A Inácia foi dormir no quarto da Sudário. Dulce trocou de roupa, se pintou toda e foi cumprir o seu destino. Dar sangue ao vampiro. Sá Carmela queixava-se de dor nas juntas, mas ainda assim foi arrumar, limpar, remendar.

35

Quando ia se recolhendo com um suspiro, mamãe sofreu o ataque. Perdeu a consciência na mesma hora. A Inácia e eu a recostamos no travesseiro. Ofegante, um estertor de angústia, era possível supor que ela quisesse dizer qualquer coisa. Chamado às pressas, o médico tentou em vão uma sangria. Era novo em Lagedo.

— Morreu trabalhando — disse sem favor nenhum o padre Chico, que não chegou a tempo de lhe ministrar a extrema-unção.

Tendo saído desatinado para pedir socorro, não estive presente no minuto final do desenlace. Foi dona Emerenciana, a costureira, quem prendeu na mão de sá Carmela a vela acesa. Arrancou do próprio pescoço um escapulário de Nossa Senhora das Graças e apertou-o em cima do cansado coração que talvez já tivesse parado naquele instante. Eu olhava dona Emerenciana e só pensava no gato que o Edu e eu apanhamos na sua casa e depois sacrificamos. Procurando me confortar, ela garantiu que mamãe tinha a fisionomia serena, no momento final. Exalou em paz o último suspiro. E dona Emerenciana me deu o lencinho em que recolheu a última lágrima de sá Carmela. A lágrima da morte.

— Chorou sorrindo a sua última lágrima — disse ela. — Mulher forte, meu Deus!

Dulce entrou desfeita e se aproximou da cama em que jazia sá Carmela. Beijou-a no rosto, carinhosamente. De pé ao lado da cama, não tirou os olhos da defunta. Parecia mergulhada em profunda meditação.

A notícia correu logo pelos quatro cantos de Lagedo. Apareceram as comadres para fazer quarto. Vinham das bandas mais distantes, grávidas, ex-grávidas, futuras grávidas.

Não vi a hora em que papai chegou. Eu tinha me recolhido à cozinha e, cansado de tanto chorar, adormeci debruçado sobre o braço apoiado na mesa.

— Sua mãe faleceu — disse meu pai, me levantando a cabeça pesada. Aroma de café torrado.

Só então me pareceu absurdo que de fato mamãe, sá Carmela, cheia de vida, tivesse morrido.

— Carmela foi encontrar o seu avô — disse papai. E se retirou.

Foi encontrar vovô. Seu Juca agora era médium. Tinha poderes, via para além do que veem os nossos olhos mortais. Será que ele sabia de tudo e também calava? Seria possível que também ele soubesse? O segredo no meu peito me dava vontade de morrer. Triste, feia e absurda é a vida.

Sanico do Segredinho não apareceu para dobrar a finados. O enterro de sá Carmela foi feito com os sinos mudos. Era um silêncio de condenação.

36

Zezé veio chorar mamãe. O Alfredão não veio. Andava para fora, comprando gado. Zezé tinha encorpado ao jeito de sá Carmela. De rosto, os olhos, a testa, era papai escrito. Sorte sua ter casado e mudado. Longe da família, livre de Lagedo, tinha com a vida outros compromissos.

Quando foi embora, Zezé levou Maria do Sudário para criar. Prometeu voltar mais para a frente, trazendo o marido e os dois filhos. Mamãe haveria de gostar de vê-la, tão redonda e positiva. Nem parecia uma Sacramento.

Papai não se opôs a que Zezé levasse Maria do Sudário. Por ele, Dulce também poderia ter ido. Mas Zezé achou melhor Dulce cuidar do seu Juca.

— Papai não é mais deste mundo — Dulce talvez quisesse partir.

— Cruz-credo, esta casa está um cemitério — a Inácia chorava pelos cantos, depois que Sudarinho partiu com Zezé.

Na mesa os três pratos, papai não aparecia. Andava às voltas com a construção da tenda Caridade e Amor. Dulce, ou comia antes, ou comia depois. Ou não comia. Evitava dar de cara comigo. Eu acabava comendo na cozinha e ouvia a Inácia reclamar contra a ausência de Maria do Sudário.

Eu não aceitava a morte de mamãe. Adeus, colégio interno. Adeus, sonho de sair de Lagedo e de fazer de mim um homem. E se tudo fosse castigo?

37

Foram três dias de febre e delírio. Entregue aos cuidados da Inácia, Dulce nem aparecia. Suava, tremia de frio, com o sol quente. Apavorado, entre um e outro pesadelo, acreditei que ia morrer. Pedi a Deus, chorando, que esperasse um pouco. Era cedo para me levar. Mas a morte se impunha como uma fatalidade. Tudo de repente tinha ficado claro. A família dispersa, mamãe morta, vovô, a bica. Papai herege, Dulce no caminho da perdição. Não havia lugar para mim em Lagedo. Não havia lugar para mim neste mundo. A vida não me queria. Era preciso furar o cerco de Lagedo, ter um destino. Fazer de mim um homem. Eu tinha agora um compromisso comigo mesmo. E com sá Carmela. Um homem se faz dia a dia, vivendo e não morrendo. Eu prometia a mim mesmo ser um homem de verdade. Pensava em sá Carmela até dormir de cansaço. E de novo a febre. Sim, era um castigo pelos pecados da tribo. Os pecados de vovô, de papai, de Dulce. O grande pecado secreto de sá Carmela.

Assim que me aguentei de pé, fraco, uma zoeira nos ouvidos, saí para a rua. Fui andando até o largo. No adro, levantei a cabeça para a torre. Os sinos calados. A porta principal fechada. Não era hora de fiéis. João Sacramento Neto! — gritei. E o eco desdobrou meu nome mais adiante, repetiu-o no muro alto das gavetas do cemitério, sepultou-o no silêncio. Eu caminhava descalço, como Sanico do Segredinho. Por uma porta lateral aberta, entrei na igreja. Ninguém. Duas andorinhas chilreavam junto do forro, invisíveis.

— Sino não gosta de menino — a lembrança de Sanico me trouxe o desejo de subir à torre. Olhar lá de cima a cidade. Quem sabe me atirar contra Lagedo. Castigar a cidade que castigava os Sacramento. Decidi me lavar de todas as culpas e começar vida nova. Eu devia contar que vi mamãe, que vi vovô morrer. Precisava me libertar do segredo para absolver sá Carmela.

No centro da nave, me veio vontade de rezar. Aceitar não a morte, mas a vida. Como se resignaram os do meu sangue antes de mim — papai, vovô, os vagos antepassados. Todos os que enterraram nas betas de Lagedo sonhos e ilusões. Mais alguns passos e me achei diante do altar de São Judas Tadeu. O santo descalço, como Sanico do Segredinho. O santo que era amigo de Sanico. De joelhos no primeiro degrau, olhei a imagem imóvel, mas humana. No vasto silêncio da igreja, ao baixar os olhos, vi junto de mim, no chão, uma estampa de São Judas Tadeu. Trazia a oração ao santo das causas perdidas. Uma linha de pontinhos devia ser preenchida mentalmente pela graça que eu ia pedir. Sair de Lagedo, pensei.

Em casa, me veio o desejo de escrever a Zezé a lhe pedir que conseguisse do Alfredão me pagar a matrícula num colégio interno. Caprichei na caligrafia. Minha querida e saudosa irmã. Recordei o compromisso da nossa mãe. Fazer de mim um homem, de quem a família Sacramento deveria se orgulhar. Dobrei a carta com a certeza de que me tinha sido inspirada por São Judas Tadeu. Ou por Santa Rita dos Impossíveis.

38

Zezé aproveitou um portador que passou pela fazenda e mandou pernil de porco, toucinho, fubá de milho e farinha de beiju. No bilhete que escreveu a papai, mandava dizer à Inácia que a Sudarinho engordara e ganhava cores. Não tocou na minha carta. No meu pedido.

Num esforço para unir a família, a Inácia conseguiu convencer seu Juca de vir jantar as iguarias da fazenda do Alfredão. Torresmos para papai, outros agrados de boca para Dulce e para mim. O jantar foi um fiasco. A presença de sá Carmela trancava nossas línguas. O olhar do fundo do prato, quando Dulce se retirou, com uma voz que tinha um tom sinistro, seu Juca me deu afinal o seu recado:

— Sua mãe quer falar com você. Hoje à noite, sem falta.

E se fosse verdade? Na hora do ataque, sá Carmela se esforçava por dizer qualquer coisa. Morreu sem dizer. Eu tinha medo e raiva, no quarto escuro. O futuro escuro. E lá fora, regular, imperturbável, a água continuava a cair. Por causa da chuva, o seu volume tinha aumentado. E o barulho da bica entrava pela casa adentro. Bulia comigo, acordava os meus fantasmas.

39

Papai tinha hipotecado a casa ao Nassif, para botar o dinheiro na tenda Caridade e Amor. No vencimento do título, perdeu a casa. A tenda acabou em pé e lá seu Juca passou também a morar. Deixou crescer a barba. Tomava recados de gente que tinha morrido há mais de cinquenta anos. Almas penadas vinham a Lagedo pedir perdão e esclarecer passadas questões de terras. A mesa andava. Em quase toda função, baixava um tal de Dionísio Crioulo, negro forro do tempo da escravidão. Pela boca de seu Juca do Sacramento, aconselhava, desmanchava mau-olhado, deslindava casos de amor. Seu Juca operava nó nas tripas sem abrir a barriga do freguês. Dava consultas. Distribuía garrafadas para curar dores e chagas do corpo. Um farmacêutico, formado em Ouro Preto — quem diria?

Dulce fugiu com o Lico do Coletor. Todo mundo sabia que não era a primeira moça que o Lico desencaminhava. Depois largava de lado, acabava prostituta no oco do mundo.

— Sua irmã caiu na vida — Edu sorriu o seu sorriso branco na cara parada, os olhos empapuçados.

40

A Inácia contou ao padre Chico que o seu Juca me chamava à tenda para conversar com sá Carmela. Para me arrancar às garras do espiritismo, o padre Chico me acolheu na casa paroquial. Dormia num quarto do porão, o chão de cimento. Acordava de madrugada e ia ajudar a primeira missa.

— Louvado seja Nosso Senhor Jesus Cristo.

— Para sempre seja louvado.

Bebia no gargalo da garrafa um gole do vinho que ia ser consagrado. O vinho, na manhã fria, queimava meu estômago em jejum. Na confissão, eu omitia este pecado. Seria pecado? Devia ser, porque eu omitia.

A Inácia se empregou na casa do seleiro para tomar conta da mãe do Edu. Não demorou muito e a doida morreu. Correu pela cidade que a Inácia vivia com o seleiro. Aparentava modos de dona de casa e mandava no Edu, bem feito!

O padre Chico me proibiu de ir ver seu Juca na tenda Caridade e Amor. Não precisava proibir. Eu lá não iria. Tinha vergonha do velho barbudo, falando como o Dionísio Crioulo.

— *Introibo ad altare Dei* — a voz do padre Chico ecoava pela igreja.

— *Ad Deus qui laetificat juventutem meam* — eu já sabia de cor as respostas.

Mas Deus não alegrava a minha juventude. Eu tinha pedido a São Judas Tadeu a graça de sair de Lagedo. Não era uma causa desesperada. Sá Carmela queria que eu estudasse fora. Fazer de mim um homem.

Remexendo o baú de folha de flandres, achei o lenço em que dona Emerenciana colheu a última lágrima da minha mãe. Nessa noite sonhei com Sanico do Segredinho. Tudo é mentira, Juquinha — ele me sussurrava, com ar matreiro. E apontava no alto da torre o carneirinho azul.

Eu tinha ganhado de dona Emerenciana umas calças compridas. Está um homenzinho, disse ela. Sanico foi embora e não voltou nunca mais. Acordei antes que os sinos chamassem para a primeira missa. O sineiro era outro. Nem chegava aos pés de Sanico. Sobretudo aos pés.

Era ainda cedinho quando cheguei ao morro do Cutelo. Apertei na cintura as calças novas e olhei Lagedo lá embaixo. Era como se eu estivesse na torre. Via a cidade de cima do morro, de um lado e do outro. O largo horizonte. No bolso, eu trazia o lenço que colheu a lágrima de sá Carmela. Minha mãe, cheia de vida. Se eu chorasse, não seria a lágrima da morte. Lagedo ia ficar para trás. Era a vida que ia começar.

A CILADA

1

Tibúrcio está sentado no tamborete de tiras de couro, escondido detrás do balcão, e esgravata o farrapo de uma lembrança antiga: ele, menino, socado na garupa do cavalo de ancas suadas, chegando à Fazenda do Pinhão. O calado cavaleiro a cujas costas se agarra não é o padrinho, que nunca lhe deu a confiança de levá-lo em sua companhia. Esqueceu com o tempo — cinquent'anos! — o nome e a cara desse próprio que foi entregar uma encomenda ou dar um recado ao coronel Peçanha. Mas não esqueceu o menino que apeia na cocheira da casa-grande e vai ficar esperando nos fundos da cozinha. Tem sede, mas ninguém lhe dá de beber. Tem as pernas bambas, mas não ousa sentar-se num degrau da escada.

É esse longínquo momento de uma estafante viagem que Tibúrcio está agora verrumando, quietamente sentado na penumbra repousante da loja. Hoje, volvido meio século, é ele o dono do Pinhão. Dele, só dele, de mais ninguém. Olha sem ver um ponto vago, os pequenos olhos semicerrados. As pernas esticadas, não sente a dormência dos pés que costuma incomodá-lo no fim do dia. A tarde é fresca lá fora e cá dentro, na loja, o ambiente é tranquilo, propício ao descanso e à meditação. Tibúrcio prolonga esses momentos de felicidade quase física e, imóvel, não tem ânimo de aluir da posição modorrenta com que alivia a dor nas cadeiras. Duas manchas estão na parede em que ele apoia as costas e a cabeça longe, relembrante. A viagem na infância à Fazenda do Pinhão ficou para sempre na sua memória, em que dói agora de mistura com o prazer solitário de saber-se dono da velha propriedade do coronel Peçanha. Tão longe se encontra que não ouviu o maldito sino da matriz dobrar às ave-marias. E não cogitou de fechar ao menos uma folha das portas que dão para a rua, em sinal de respeito pelo meio-feriado religioso.

Quatro de outubro, Dia de São Francisco. Não é nenhuma festa de arromba, em Santa Rita do Rio Acima. Mas a procissão à roda da igreja, depois do terço e da bênção, atrai todo mundo que saiu à rua. As beatas não perdem o rosário que neste mês se reza à noitinha na matriz. Hoje, com mais razão, o povaréu já subiu a ladeira e se concentra no largo, à espera da procissão que a passos lentos acompanha o andor tremendo devagarinho no ombro acolchoado dos confrades de opa vermelha. As tochas acesas, os véus pretos, o mulherio cantando esganiçado — é meio fúnebre o espetáculo à boca da noite, em honra de São Francisco.

Cá embaixo, nos Quatro Cantos, não se vê ninguém. Não se ouve uma voz. As casas baixas da rua Direita, janelas e portas corridas, parecem abandonadas. Já está fechado, para reabrir-se mais tarde, o botequim do Abdala. Mais um pouco, o Tibúrcio vai fechar também a sua loja. Algum freguês que chegue sabe como encontrá-lo, dando a volta pela esquina de onde pende a tabuleta de letras quase apagadas: Ao Barateiro de Minas — De tudo pelos menores preços do Oeste.

Como não há movimento, Tibúrcio deu folga ao seu pessoal. O último a sumir de sua vista foi o moleque Zé Leluia, pau para toda obra. O moleque é expedito e lhe dá uma ajuda à guisa de caixeiro. Mas Tibúrcio não pensa no Zé Leluia. Sentindo-se a gosto de estar só, esqueceu até mesmo a água esperta que a Dominga lhe deixou para o escalda-pés. Na loja recendente aos cheiros domésticos, rumina agora devagarinho a posse definitiva da Fazenda do Pinhão. A partida de açúcar mascavo, chegada de manhã, deixa no ar um aroma adocicado, mais forte que os odores que se entrecruzam — couro cru das botinas de elástico, fumo de rolo, queijo, cachos de banana ainda de vez. E todos os outros familiares cheiros da posse — os utensílios novinhos em folha.

Vende de tudo o Barateiro: chita, colchete, gaiola, louça, enxada, mantimentos, petrechos de casa e ferramentas de trabalho. A melhor casa de comércio de Santa Rita do Rio Acima. Só não vende bebida, para evitar os cachaceiros, gente de pouco gasto e de muita arruaça. As famílias frequentam sem receio a loja de seu Tibúrcio. Fazendeiros graúdos e remediados sitiantes, ao entrar na cidade, vão direto amarrar os animais em frente da loja. Lá dentro, no Barateiro, a qualquer hora do dia, cruza-se gente de todo canto: velhas em busca de um carretel de linha ou crianças atrás de uma folha de papel de seda. O sortimento nunca está desfalcado. Tibúrcio aceita toda encomenda, por mais arrevesada que seja. Num átimo, dá jeito de providenciar o desejo da freguesia. Artigo raro ou produto da terra, espingarda de caça, anzol, mezinhas e até remédio fino para doença de rico — tudo se pode comprar na mão de seu Tibúrcio. Se por acaso está desprevenido, o que é uma raridade, em pouco a encomenda vem ter ao balcão. Paramentos para o vigário e alfaias para a matriz já vieram do Rio de Janeiro aos cuidados do Barateiro. O pagamento é feito à vista e fiado só amanhã, como está escrito em cima da porta que leva às dependências do fundo. A freguesia segura, escolhida, goza do privilégio da caderneta de fornecimento, com acerto de contas mensal. Mas ai do coitado que se atrasa um único dia no pagamento: Tibúrcio recolhe a caderneta e fica de pé atrás com o freguês faltoso, mesmo depois de saldado o compromisso a que junta o infalível juro de mora.

Tibúrcio não se limita ao comércio regular, feito de público em cima do balcão encardido. Examina todo e qualquer negócio, aceita e estuda qualquer proposta. No recato sigiloso dos fundos, sentado à escrivaninha de mogno, ao lado do cofre de aço, recebe o cliente e o escuta em silêncio. O outro, aflito, que fale pelos cotovelos. Ele só abre a boca para o essencial. Sua palavra não volta atrás — é pão, pão, queijo, queijo. Seus gestos são poucos e lentos, os olhos nada revelam de suas intenções. Calmo, às vezes dando a impressão de que está cochilando, conhece manhas e artimanhas de qualquer conversa. Não fala com ninguém de suas transações e guarda debaixo de chave todos os documentos. O segredo é a alma do negócio. É assim que empresta, vende, compra ou barganha.

A preços irrisórios, tudo pode tentar a sua cobiça: moedas antigas, pêndulos, trastes domésticos, instrumentos de música, selas e imagens de santos. Comprou outro dia um rabecão imprestável, que lá está, no seu gabinete, ao lado de uma coruja empalhada com os olhos de vidro estatelados. De tais aquisições, o que não passa adiante por preço de muito lucro, Tibúrcio junta ao badulaque com que entulha o correr de suas casas no Pastinho. São seis casas de parede-meia, no calcanhar do judas, onde expande a sua alma de belchior. Mais adiante, por trás de um renque de casuarinas, fica o sobrado a que se recolhe às vezes, à noite, para dar uma demão na escrita (tem duas, para burlar o fisco), ou repassar os papéis, ou fazer contas e cálculos, que é a sua forma de sonhar. Ou, fugindo dos outros, simplesmente para contemplar.

Tibúrcio tem muitas propriedades espalhadas por Santa Rita do Rio Acima. Casas e chalés, casinhas de meia-água e casebres de taipa, que aluga a inquilinos escolhidos a dedo para pagar o aluguel com um, dois ou três meses de adiantamento. Nos arredores ou nos distritos distantes, possui também os seus tratos de terra, dispersos aqui e ali, nas quatro direções da rosa dos ventos. Tirante a Fazenda do Brumado, quase tudo é terra ingrata e cansada, com umas poucas manchas mais generosas. Com o correr dos anos, Tibúrcio veio juntando alqueires e mais alqueires de campo, acres e acres, tudo comprado na bacia das almas. Os proprietários chegam de cabeça quente, aceitam hipotecas escorchantes, assinam em cruz em momentos de aperto, com a corda no pescoço.

Assim como aluga as casas, arrenda também a terra, contanto que a parte do leão seja dele, no sistema da meia, ou da terça conforme o caso. Mil cautelas, garantias e precauções cercam os seus contratos. Os parceiros, de modo geral, são pobres, mas honrados. Gente boa e devota, mas sem posses. Por isso tem tantos aborrecimentos com esses pobres-diabos que trabalham de sol a sol na lavoura e depois vêm chorar de barriga cheia. Tibúrcio conhece a cantilena de cor: praga, seca, inundação, geada. Chuva ou falta de chuva, sol ou falta de sol — tudo serve de pretexto para essa corja de maus pagadores. Não aceita desculpa esfarrapada. No seu carro de milho não dá caruncho. O que é dele, segundo o trato, tromba-d'água não estraga, nem há seca que faça mirrar. O parceiro, pois, que segure o ponto enquanto é tempo, pague o devido e guarde a sobra, se sobra houver.

Ainda naquela tarde, vindo para a festa de São Francisco, apareceu na loja o Tunico da Taquara, sujeitinho enfezado e queimado de sol, banguela e de pé no chão. Deu boa-tarde, ficou rodando a aba do caco de chapéu na mão nervosa, mascando arrodeios e apropósitos. Tibúrcio tem por costume não dar pega. Não facilita o recado. Desentende, tranca-se no seu jeito secarrão. Quando se viu sozinho, o Tunico tomou coragem e debruçou-se no abaulado do balcão: desembuchou gaguejante a lenga-lenga de suas aperturas. A mulher, como sempre, doente e grávida, a filharada lambendo embira, o casebre povoado de barbeiros, o gadinho miúdo e pé-duro ressentido com a estiagem, e a roça que tocava com tanta fé em Deus, na fiúza de colheita farta, dando para trás como rabo de cavalo. Tibúrcio, de natural calado, nessas horas cala ainda mais o seu agreste silêncio. Leva a mão ao gogó, afaga o colarinho abotoado sem gravata. Ou perpassa o polegar cabeçudo e o indicador pela corrente do relógio. Sotrancão, ouve impassível, enigmático. Por mais matreiro que seja, o outro fica no ar, nunca sabe o que ele está matutando. Resultado: Tunico perdeu o pé, encafifou, engasgou com sua falinha de falsete. Quem mandou ter esse dilúvio de filhos? — pensava Tibúrcio por trás de seus olhos indecifráveis. E aguardou o momento de emitir a sua voz lenta e casmurra, taquara do oco grosso:

— Pois é. Ocê vê lá o que faz. Só quero o meu. O meu que é meu — e acariciou o colarinho de riscado, com as pontas sujas de tanto repetir o sestro.

Mas Tunico é cabeçudo e insiste. Ficou por ali disfarçando, viu entrar e sair um freguês, engoliu em seco, falou do tempo e da estação, espichou o olhar pela nesga de céu distante. Acabou baixando a voz e vomitou o pedido de algum dinheiro emprestado, se dispôs a assinar o papel. Tibúrcio tirou o relojão da algibeira, espalmou-o na mão como de hábito e volveu com uma palavra meio velada, que para bom entendedor quer dizer um não definitivo:

— Pois é. Não é com promessa no anzol que eu apanho peixe.

Vinha chegando gente e Tunico pediu desculpas, despediu-se pisando em ovos. Mas ainda se demorou por ali, o sem-vergonha, diante da loja, o farrapo de chapéu na cabeça, estonteado, sem saber o rumo de casa. Tibúrcio é que não ligou mais para aquele pongó, tão faceto na hora de tratar e agora tão murcho e apalermado. Admira que em Santa Rita do Rio Acima ainda apareça um Tunico da Taquara com a petulância abobalhada de vir pedir empréstimo sem garantia, depois de confessar que não pode com uma gata pelo rabo e que a lavoura está mal encaminhada. Para o diabo que o carregue, com a filharada opilada, a mulher prenhe e perrengue, retirada do cabo da enxada. Tibúrcio tem mais o que fazer. Quer a sua paga a tempo e a hora sem um grão a menos e no dia aprazado exige a terra de volta. Pouco está ligando para a urucubaca dos outros. Terra de Tibúrcio, madrasta que seja, não tem caveira de burro enterrada. Ou dá lucro, se arrendada, ou fica descansando, sem desgaste de seu valor. Em último caso, se é chão que só dá tiririca e erva daninha, transaciona, vende, troca. Mas não empresta, nem cede, nem tampouco tolera invasor. Não é pai de pançudo, nem palmatória do mundo. Tem o couro duro, não se dá por achado. Toca para a frente, que barco parado não dá frete.

Caso parecido, naquele mesmo Dia de São Francisco, foi o da viúva Maria Apolinária. Chegou com seu modo despachado, crente que ia direitinho enrolar o senhorio. Por essa e por outras é que Tibúrcio, por via das dúvidas, exige o aluguel adiantado. A viúva ocupa uma morada muito chinfrim, dos lados do Beira--Muro, e se comprometeu por escrito a pagar uma bagatela como mensalidade. Agora, veio com aquela conversa fiada de que o montepio atrasou. E mais isso e mais aquilo, e que está fraca do peito e não tem dinheiro para comprar remédio. Pelo jeito, deu-lhe um cangapé de todo tamanho. Desgraça pouca é bobagem. Enquanto a viúva Maria Apolinária aprontava o seu espalhafato, as mãos nas cadeiras, a saia comprida, invocando santos e anjos do céu, Tibúrcio continuou indiferente a cuidar de seus afazeres. Era como se não fosse com ele. De começo esprivitada, a viúva foi baixando de tom, foi ficando desacorçoada e acabou toda chué, sem graça. Mas o desaponto não a impediu de virar de banda e, às escondidas, tirar do seio o lenço em que trazia enrolado o seu dinheirinho. Pagou parte do devido e só então Tibúrcio quebrou o mutismo que vinha mantendo:

— Pois é. O resto do cobre até amanhã, ou o aluguel está distratado.

A viúva Maria Apolinária saiu arrenegando e uma vez na rua começou a rogar praga em voz alta, para todo o mundo ouvir. Mas levou de volta para casa a certeza de que no dia seguinte teria de produzir o restante, com o acréscimo de praxe.

Se Tibúrcio fosse dar ouvido a tanta patacoada, fechava a loja, desistia de fazer negócio e ia viver de brisa. Ele que afrouxe, para ver onde é que vai parar. Não se estabeleceu para fazer caridade. Dar dói, como diz o vulgo. Tunico da Taquara, Maria Apolinária, cada um a seu modo, gente que não ata nem desata, cambada de vadios e sonsos. Têm que ser trazidos no canto chorado. Chegam com ar de quem não quer nada, a cara lambida, e toca a desfiar o cortejo de todas as suas imundas misérias. Tibúrcio já faz muito de escutar com paciência. Também, entra por um ouvido e sai por outro. Por mal dos pecados, está crescendo cada vez mais o número dos pitimbados e de suas lamúrias. Como se a fortuna de um homem tivesse de aumentar à medida que aumentam a infelicidade e a má sorte dos outros. Tibúrcio, porém, não se altera. Está pouco somando. Não é confessor de penitentes e arrependidos, nem está ali para bancar o trouxa e perdoar as dívidas de malandrins que não têm palavra. Balcão de venda não é confessionário. Vão tapear o vigário, que não tem o que fazer. Ou queixem-se ao bispo, que tem as costas quentes.

Agora, porém, Tibúrcio não está com o tino voltado para esse povinho miúdo, que vive a lhe azucrinar os ouvidos. Imóvel, as mãos cruzadas no colo, limita-se a rodar de quando em quando o polegar direito em torno do polegar esquerdo. E assim celebra calado a grande façanha de sua vida. O bom saber é calar.

A noite desceu sobre Santa Rita. Lá em cima, a procissão como sempre está atrasada, mas o andor já foi removido da sacristia. A matriz está entupida de gente, sobretudo mulheres e crianças. A maioria dos homens ficou lá fora, no sereno, e aguarda o momento de formar o cortejo no adro. Está quase na hora de aparecer a imagem de São Francisco, balançando por cima da multidão — a auréola de prata, os estigmas como um feixe de raios nas mãos espalmadas do santo, o rosto sofrido em êxtase diante do Crucificado.

As luzes se acenderam nos Quatro Cantos, mas a loja continua às escuras. Um grilo dilata o silêncio da rua. Tibúrcio nem se mexe, mais alheio a tudo do que as moscas quietamente pousadas no teto, ou dormitando embriagadas à beira da caixa de açúcar preto. Está remoendo pacatamente algumas lembranças do passado, em que o presente se insere, dominador. A Fazenda do Pinhão. Perdeu-a de vez o major Sotero. Dando por paus e por pedras, metido a fundo na politicagem, jogando o que tinha e o que não tinha, o major veio deslizando sem perceber por um plano inclinado até que entregou de mão beijada a Fazenda do Pinhão. Na certa, vai querer estrilar. Que estrile, se quiser. Chuva que troveja não cai. E não há mais nada a fazer. O negócio está feito, bem-feito, perfeito.

Situado no vale do Bodoque, a poucas léguas de Santa Rita, o Pinhão é uma fazenda e tanto, de encher a vista. Boa gleba, cultura, criação especial. Tudo superior, de primeira. O sobradão centenário, com trabalhos de cantaria feitos a capricho no tempo da escravatura. A casa-grande imponente, de antiga alvenaria, sede de três gerações de potentados como o soberbo coronel Peçanha, brioso e mandão, pai do desmiolado major Sotero. Tudo gente com o rei na barriga, que jamais haveria de sonhar que a fazenda ainda iria cair na mão daquele menino que lá esteve no tempo do Onça e foi tratado como cria de fundo de cozinha.

— Seu Tibúrcio.

Ô diacho, não tinha visto o guri entrar. Levantou-se do tamborete, o corpo morrinhoso, arrastando o molambo dos chinelos de liga e torceu no portal a orelha do comutador. Uma luz amarela mal e mal alumiou a loja. Espiou o menino descalço — era o filho do Nico Bunda, também conhecido como Nico Detrás, que por ser espírita não ia à igreja.

— Um caderno número dois — o menino apertava a pratinha na mão.

Tibúrcio correu a escada até a prateleira da papelaria, subiu dois degraus e apanhou o caderno cheirando a novo. Tinha respeito por todas as coisas, mesmo por um caderno à toa como aquele. Antes de vender, acariciava reverente o artigo com o tato alerta na ponta dos dedos.

— Pois é. Dá cá o dinheiro — e conferiu a pratinha na palma da mão.

Abriu a gaveta dos níqueis, a pratinha tilintou no silêncio fofo da loja. O menino saiu sem fazer barulho. Tibúrcio caminhou indeciso ao longo do balcão, alisou-o com a mão esquerda. Ao simples toque, distingue cada greta, cada risco, cada pormenor do seu balcão. Nem um único estalido de madeira fere o silêncio da loja. Tibúrcio, pensativo e parado, corre o olhar pela fartura de sortimento, a começar das prateleiras abarrotadas. No chão, sacos de mantimento de boca aberta, com o folhão por cima. Cuias e cabaças, como caras sem rosto, na sombra. A balança viciada, cada peso no buraco do toco ensebado. Quilo de novecentas e de oitocentas gramas. Rolos de arame farpado. Latas de banha de porco, mantas de toucinho. Linguiça a pender do varal. Tachos de cobre, bacias e caçarolas ordinárias, reverberando à pouca luz que pende do teto. Vassouras amontoadas, amarradas aos molhos por uma embira, as carapinhas de piaçaba voltadas para cima. Ferramentas enfiadas nos orifícios da prateleira. Um sem-número de objetos dóceis, de mercadorias de toda ordem, fiéis, sossegadas. Cada coisa no seu lugar. A loja sólida, permanente. A segurança da posse, quase um bocejo de paz. As coisas inertes, mas humanas. Tibúrcio trata-as com sisudo respeito, sejam novas e de muito valor, ou sejam velhas e de pouca monta. Tem de cor, na memória relampejante, o rol completo de tudo que lhe pertence. Do traste mais à toa à Fazenda do Pinhão, que agora é sua, só sua e de mais ninguém. Coisas domadas, serviçais, exalando uma confidência que ele sabe captar. Não há neste mundo um só trem que mereça ser deitado fora. Se não é objeto de venda ou de troca, recolhe ao depósito do Pastinho. Barbante, papel de embrulho, jornal velho, caixinha de papelão, caixote de pinho, vidro de remédio, garrafa vazia, arco de barril, prego enferrujado ou botão caído, nada ele desdenha. Juntando o pouco é que se amealha o muito. Sem poupar no tostão ninguém chega ao milhão. Enquanto viver, não muda de credo. E depois de morto, está pouco se importando se mortalha não tem bolso, como diz o povo. Viver é possuir. Nenhum desperdício. Desde que se entende por gente, Tibúrcio sabe dentro dele que as coisas foram feitas para serem possuídas. Carecem ser possuídas. Desejam ser possuídas. E elas correspondem, vêm de mansinho se oferecer ao seu apetite e ao seu cabedal. Tudo que existe exige a fatalidade de um dono. Como é pouca gente que sabe disso, os rios correm para o mar.

Tibúrcio caminha até a soleira da porta e espia o paradeiro da rua. O grilo calou-se. Apurando o ouvido, ele pode ouvir a cantoria que desce lá de cima da matriz. A procissão de São Francisco está demorando mais do que se esperava. Tibúrcio passa a tranca de ferro na primeira porta, fecha os dois cadeados, um em cima e outro embaixo. Com o mesmo cuidado, fecha a segunda, a terceira e a quarta porta. Atravessa a loja com o seu passinho miúdo e, chegando ao gabinete dos fundos, dá de cara com o Zé Leluia, que ia entrando. Que diabo veio fazer ali, tão cedo, aquela alma penada? Se o fuzuê na igreja ainda não acabou!

— Padre Casusa mandou recado — Zé Leluia explicou-se logo. — Pro senhor se precatar. O major está irado, quer aprontar um banzé de cuia.

Tibúrcio despachou o moleque de novo para a rua, porque prefere ficar sozinho. Virar e revirar o recado do vigário. O bom cabrito não berra. Por mais estourado que seja, o major Sotero tem de se conformar, que remédio! Na certa, pensa que vai intimidá-lo com meia dúzia de arrotos de valentia. Pois é. Se vem mesmo, vem quente que eu já estou fervendo. Quem mandou se encalacrar? O papel está passado e bem passado. Afinal, não foi o Tibúrcio que saiu atrás do major para propor negócio. O valentão é que pôs o orgulho de lado e veio se trancar ali naquele gabinete. Contou caso, deu muita volta, ostentou vantagem e acabou chegando aonde queria. Se botou o dinheiro fora, foi porque quis. De todo jeito: política, rega-bofe, jogo, festança. Quebrou, agora vem reclamar. Pôs fora os bens de raiz, que não ganhou com o suor do seu rosto. Tibúrcio só fez dormir na mira, paciente. Esperou cerca de nove anos, desde aquela primeira visita do major. Até que empalmou a fazenda que é a menina dos olhos da família Peçanha. Se tivesse juízo na cachola, não caía na esparrela. Cautela e caldo de galinha. Não cuidou, adeus. Cavou a própria sepultura. Há de ver que dava por certo que o seu não encurtava, bem feito! Nasceu em berço de ouro, nunca viu a cara da necessidade, é isso. Bem pensado, o desfecho até que demorou muito. Agora, não adianta falar grosso, rosnar, ameaçar. Não tem para quem apelar. Os tempos mudam, nada como um dia depois do outro. O pai, o espaventoso coronel

Peçanha, com toda a sua soberba, há muito já está debaixo da terra — os bichos comeram. O major Sotero caiu como um patinho. Tibúrcio, seu credor, limitou-se a lhe dar corda, a dar tempo ao tempo. E o paspalhão fazendo toda sorte de bobagem. Jogando, se atolando na politicagem, vivendo vida regalada. Está aí no que deu. Aguenta, Felipe! Passou a hora de reagir. Tinha de ser. Estava escrito. É assim a vida. Tudo tem hora. Não vê o gavião? Gavião namora a presa descuidada, sobrevoando em círculo. De repente solta o seu grito de guerra — pinhé! — e mergulha certeiro sobre o seu alvo. Quando o pinto dá acordo de si, está nas garras, depois no papo — adeus. É tarde, não adianta chorar. Tibúrcio pensa com prazer nesse gavião imaginário que tantos anos voou sereno sobre a cabeça do major. Com gavião não se brinca, sua simples presença é uma advertência. Pinhé, Pinhão. Caladinho como é de seu feitio, Tibúrcio deu o seu mergulho definitivo sobre a Fazenda do Pinhão.

Amanhã, vai ajaezar o Estrelado, bridão de prata, esporas, tudo do melhor, e entrará na fazenda de tala em punho, como nela entravam outrora os antigos potentados da família Peçanha. O major Sotero que ponha fogo pelas ventas. Perdeu a parada. Como bom jogador, há de saber o que significa perder a partida. Que adianta escândalo? Tome um calmante, um chá de flor de laranjeira, por exemplo, e vá dormir no quente. Ou tome um chá de papoula, se não aguenta o tranco, e vá dormir em cima de sua desgraça até as coisas melhorarem. Uma dose bem forte, que o leve num sono só para os quintos do inferno.

— Casusa ê-vem aí. — Agora é a Dominga que vem chegando com novos enredos. E dá notícia da falação lá em cima no largo, dos cochichos, da expectativa de todo mundo. O major está com a cachorra. Não é flor que se cheire, nem água de beber. Prometeu alto e bom som acertar contas de homem para homem, vai atear fogo às casas do Pastinho. — Diz que ancê vai morrer tostado que nem rato.

Tibúrcio enxota a negra com maus modos — que vá dormir, não meta o bedelho onde não é chamada. E senta-se com toda a sua pachorra na cadeira de braços do gabinete. De luz apagada, fica assuntando no escuro. Prever cada lance, cada sucesso, para não ser apanhado desprevenido. Dormir no chão para não cair da cama. No fundo, não crê nessa ira do major. Cão que ladra não morde. O diabo é que não há de faltar quem queira botar fogo na canjica. Devedores relapsos. Gente medrosa, sem coragem, mas odienta. Gentinha ordinária, de língua ferina, incapaz de erguer a voz para um agravo cara a cara, mas treinada na intriga e no fuxico, especialista em cortar pelas costas. Vão querer tirar sua forra às custas do major Sotero. Tirar as castanhas com a mão do gato. Até o songamonga do Tunico da Taquara, se não voltou para a roça para cuidar de sua obrigação, deve andar por aí, todo espevitado, crente que vai ver a caveira do Tibúrcio. Estão redondamente enganados. O documento foi passado com toda a lisura e os requisitos da lei, no cartório do Tomé Pintado. Lei é lei, onde é que já se viu? Não adianta dizer que faz e acontece. Falar é fôlego. Falar todo mundo fala. Fazer é que são elas.

A Dominga empurra sem cerimônia a porta do gabinete e surge quase invisível de dentro do escuro. Tibúrcio acende a luz. A negra é mesmo zureta, confiada. Vai se achegando com um caneco e um raminho — uma de suas mandingas. Em vez de estar lá em cima, na procissão de São Francisco! Deve ter se assustado com o bate-boca do major. Tibúrcio faz que não vê, fecha os olhos e finge que está cochilando. Tem implicância com aquelas bruxarias, mas, por via das dúvidas, o melhor é deixar a negra fazer o que bem entende. É doida, coitada. A Dominga anda com passos grotescos, se agacha, ergue os braços, põe a mão na cabeça e murmura palavras incompreensíveis. Depois retoma o caneco e começa a aspergir umas gotas de um líquido melado e cheiroso de um e de outro lado da cadeira. Enquanto borrifa os ombros de Tibúrcio, a negra recita, a voz mais rouca do que de costume:

— *São Francisco benze a missa,*
Jesus Cristo benze o altar.
Benze também esse corpo
Pra o major não te acertar.

Dar à Dominga algum mandado, para livrar-se dela antes que apareça com outra novidade. Que vá chamar o Damásio, no Acaba-Fubá, para vir passar a noite de guarda na loja. A negra larga a reza e sai resmungando pela porta dos fundos. Tibúrcio apaga a luz do gabinete e vai sentar-se no tamborete em que gosta de meditar sobre os acontecimentos. As costas apoiadas na parede, suspira fundo, estica as pernas — o raio dos pés dormentes — e fica quieto no escuro, aguardando.

Só com uma coisa não consegue atinar: por que o vigário cismou de se meter? Não tem nada que vir escarafunchar o que não é de sua conta. Não é à toa que não gosta de padre. E em especial desse padre Casusa, sujeito entrão, que vai entrando sem pedir licença.

Saudades do velho padre Tobias. Não se metia com a vida de ninguém. Mal mal cumpria com os seus deveres de sacerdote. Vivia bêbado, às voltas com a sua charanga. E não chegava para as encomendas. Começava cedo, de manhãzinha, e invernava na cachaça. Passava mais tempo bêbado do que outra coisa. Mesmo na água, tocava violino que era uma beleza — tinha alma de artista. O povo se acostumou com o padre músico e pau-d'água. Não estranhava. Era o jeitão do vigário, o nariz vermelho e batatudo, a cara inchada. Quando morreu — morreu pinguço — foi aquele corre-corre, um deus nos acuda de tanta gente. Santa Rita lhe queria bem. Saiu fiel de tudo quanto é toca para acompanhar o enterro. E a charanga do padre Tobias compareceu uniformizada, em grande gala, todos calçados e os instrumentos brilhando. Atacou em conjunto uma valsa triste, de cortar o coração, enquanto o caixão descia à sepultura. Os próprios músicos tocavam e ao mesmo tempo choravam, as lágrimas rolando pela cara abaixo.

Foi aí, tempos depois, que apareceu o padre Casusa, inventador de moda, pidão, de natureza irrequieta. Mal assumiu os encargos da paróquia, cismou de puxar mais uma torre na matriz. Alegou que o risco previa duas torres. Quem é que sabia lá desse risco do tempo do Aleijadinho? Começou um peditório que não tinha mais fim. E o danado acabou arrancando da miséria do povo aquela segunda torre. A matriz deixou de ser mocha, ficou com dois chifres. Mas não parou aí. Depois, foi a vez do sino. Mandou buscar o carrilhão no Rio de Janeiro, custou um dinheirão! Para quê? Para aprontar aquela azoada. Dependurou o sino na torre, é dobre e repique por dê cá aquela palha, azucrinando os ouvidos de quem trabalha.

Padre metido a sebo. Serve-se de tudo quanto é beata para levar adiante suas invenções. Que imaginação! Mania de ajudar os outros, a quem não está lhe pedindo ajuda. E petulante. Até sermão contra Tibúrcio, esse vigário já fez. Mas nem por isso Tibúrcio se abalou e saiu do seu sistema. Não caiu sequer com dez réis de mel coado para aquelas estripulias sem pé nem cabeça.

Agora, quando parecia ter sossegado o facho, banca o abelhudo e vem se engraçar com a vida alheia. Lá vem o homem se intrometer em negócio que não é de sua conta. Se é a mando do major Sotero, vai perder o seu latim. Se vem todo macio pedir adjutório, pode ir tirando o cavalo da chuva. Dinheiro merece respeito. Não se apanha na árvore. Não dá na horta. Não foi feito para gastar com torre, nem com sino, nem para distribuir de mão aberta a vagabundo que, com desculpa de ser pobre, quer é se encostar nos outros, que nem chupim. Tibúrcio do seu não dá nada. O padre pode matraquear, pode o povo falar à vontade. Cada um cuide de si e viva segundo o seu preceito. Nada de botar olho grande no que não lhe pertence. Esta, a religião que o padre Casusa deveria ensinar aos que lá vão ouvi-lo por falta do que fazer.

Tibúrcio, por sua vez, tem consciência de que não incomoda ninguém com pedidos e impertinências. Nunca chorou miséria. Nasceu pobre e se fez sozinho. Nunca foi pesado a quem quer que seja. Nem ao padrinho que o criou. A dizer a verdade, bem observadas as coisas, hoje, à distância, tem certeza de que deu mais do que recebeu. Despesa não dava e trabalhava duro. O padrinho nunca foi graça — só faltou matá-lo de tanta pancada. Privação e mais privação, castigo atrás de castigo. Batia com vontade. Por qualquer coisinha prendia o afilhado no quarto escuro, sem comer. Horas a fio no escuro, no silêncio, atirado no chão úmido de terra batida. Apanhava de vara de marmelo e de chicote, daquele trançadinho de couro cru. Acontecia às vezes de apanhar também de palmatória, sem contar os cascudos, os bofetões e os pontapés. E ainda por cima, depois da surra, a friagem da alcova. A fome. A sede. Um verdadeiro inferno. E estava para aparecer esse que tivesse coragem de levantar a voz contra a malvadeza do padrinho.

Uma única vez, só uma vez, alguém se apiedou do menino Tibúrcio. Estava preso em jejum depois de uma daquelas coças de tirar pedaço. O corpo escalavrado, de tanto apanhar. A noite já ia alta quando a porta rangeu devagarinho, a medo. Tibúrcio não ouviu a negra Bebiana Corcunda entrar pé ante pé, enfrentando as iras do padrinho. Negra decidida: arriscar a própria pele com pena do menino. Tibúrcio cochilava quando Bebiana lhe botou nas mãos uma manga coração-de-boi. Era tudo que tinha arranjado. E a mão trêmula, fininha, na cabeça do menino. Como um sonho.

Tibúrcio cresceu, virou homem, nunca mais se lembrou dessa Bebiana Corcunda. Também pudera: não dá gosto lembrar aquele passado, sua recuada infância. Esqueceu a manga, esqueceu a negra. Só não esqueceu as pancadas e as sovas do padrinho. E aquela alcova fria, úmida, em que jejuava.

É por isso que Tibúrcio pode dizer de cabeça erguida que não deve nada a ninguém. Se está vivo, se tem o que tem, agradeça a seu esforço. Saiu pelos próprios pés, sozinho, daquela alcova nua para a escola da vida. Sem a loja, sem as posses, sem a Fazenda do Pinhão, o mundo é um quarto úmido e escuro. Frio. Amando apenas os seus bens e amado só por eles, é natural que em Santa Rita do Rio Acima o povo não morra de amores por seu Tibúrcio. Mas ele dá de ombros, quando o povo fala. Inveja, despeito. Dizem dele coisas do arco-da-velha. É falinha que não tem mais fim.

Ora, deixa essa gente falar. Enquanto fala, ele enriquece.

2

Diz que Tibúrcio nasceu pobre feito Jó, numa grota perdida do Arraial da Boa Morte. Seu Joca Ipanema, velho como a serra, me contou que se lembra dele fedelho, ainda fedendo a cueiro. O pai dele foi um tal Firmino Gancho, que sumiu no mundo e deixou de si memória malvada. Nem quis ver o rebento, atirado ao deus-dará antes mesmo que secasse o umbigo. O menino passou de mão em mão e foi cair nas garras do famigerado Gonzaguinha da Mutuca, um impostor de cabelo nas ventas, mais ruim que cobra. O Gonzaguinha é que deu tenência ao órfão largado. Para melhor torturar e explorar o pobre coitado, se fez seu padrinho e criou o afilhado a pão e laranja. O menino tinha de pular da cama antes do sol despontar e tome serviço por toda a jornada. Apanhava que nem boi ladrão — o padrinho tinha gosto em sovar. Disciplinava sua cria a poder de jejum, a três por dois apelava para a vara de marmelo. Tinha até cárcere em casa, lá no Sítio da Mutuca. Assim cresceu Tibúrcio, mais maltratado do que negro escravo fujão. Conheceu canga, grilhão e calceta na própria carne. Tronco, chibata e palmatória. Diante de Deus, há de ver que já pagava pelos malfeitos do pai desnaturado, o tal Firmino Gancho, que, no dizer de seu Joca Ipanema, era o diabo em forma de gente.

Reza a tradição que o Gonzaguinha da Mutuca foi achado morto a céu descoberto, com trespasse de mais de quinze dias. A urubuzada voejava em cima e já tinha provado do seu fígado amargo. Nunca ninguém soube explicar essa morte que nada tem de morrida e que tudo tem de matada, com mão humana. O velho Joca Ipanema está aí, Deus louvado, para depor a quem quiser ouvir. Deus queira se não foi o afilhado mesmo que matou o padrinho, esse Gonzaguinha da Mutuca.

A mãe do Tibúrcio, consta que foi uma sá Rita do Pau d'Angola, mulher de barba e sem coração, com ruindades que ninguém viu iguais no peito de uma filha de Eva. Já madurona, essa sá Rita virou o juízo e começou a enxergar umas chicotadas de fogo na parede de sua casa. Apesar de solteira, mal se deitava, ouvia um arfar a seu lado, em riba do colchão, como se um companheiro invisível compartilhasse o seu leito. Foi assim, sem marido, que sá Rita do Pau d'Angola emprenhou. Trouxe o peso da gravidez na barriga só por seis meses. E morreu no parto. Daí dizerem que Tibúrcio é filho de Belzebu. Nasceu antes do tempo porque tinha pressa de vir neste mundo cumprir a sina de amealhar à custa de seus semelhantes. Se é que alguém se assemelha a esse filho do enxofre, concebido, parido e criado de forma que dá tanto o que pensar.

No seu transe de meninote, Tibúrcio já pegava no pesado, apesar de franzino. Diziam até que tirava sua força de um pacto com o Tinhoso, que é apontado, tal qual ficou dito, como o senhor seu pai. Por qualquer trocado, carregava lata de leite, rachava lenha, buscava no pasto animal arisco. Era besta que não refugava carga. E já com a mania de juntar, mãozinha de samambaia. Até bosta de vaca o menino Tibúrcio recolhia. Pelo menos é a fama. E não tem memória a primeira manta que passou no bobo que com ele aceitou de negociar.

Amontoando vintém e tostão, Tibúrcio teve de seu, de primeiro, uma égua passarinheira, que alugava contra dinheiro à vista. Daí saiu para tropeiro e cortou esses caminhos de Minas acima e abaixo, seguindo carga no lombo de burro. Só depois é que apareceu dono de uma vendinha roscofe de beira de estrada. Banana, rapadura e cachaça. Tem gente que garante que já no seu começo, muito ladino, Tibúrcio cometeu uma infinidade de furtos de mão leve. Sabido ele sempre foi.

Largou o Arraial da Boa-Morte e zanzou por aí, de ceca em meca, até que se estabeleceu de finca-pé nesta santíssima Santa Rita do Rio Acima. Aqui, já soprado o primeiro vento, foi de vento em popa. Aprumou, encanou a perna. Sempre prosperando. Hoje em dia, pode até passar por cidadão de respeito, dourado pela riqueza. Não se entende como é que não quis subir na política. Era bem capaz de virar figurão, engazopava meio mundo e bom será se não acabava mandachuva. Que é que o dinheiro não compra? Compra tudo, tudo tapa. É como se diz: as águas mais sujas às vezes ficam na fonte.

Mas, como ia dizendo, Tibúrcio quando deu com os costados por estas bandas já vinha diplomado na astúcia e na esperteza calada, que é do seu feitio. Nasceu pronto e acabado e da vida nunca precisou tomar lição de sapiência. Dispensou até o aprendizado do ventre materno. Mãe é mulher sagrada, não pode ser confundida com a endemoninhada da tal sá Rita do Pau d'Angola.

Diz que na vendinha de beira de estrada, onde Tibúrcio vendia broa de queijo sem queijo, quase defronte tinha um atoleiro. Para ajudar viajor atolado, ele mantinha ao pé uma junta de bois. A qualquer hora do dia ou da noite, estava pronto para vir em socorro de quem agarrava. Está entendido que cobrava caro para desagarrar os que careciam e não olhavam o preço no momento da necessidade. Pois era o próprio Tibúrcio que alimentava o atoleiro e não deixava ele secar. O homem é da pá virada: tira ganho até da lama, que dirá do resto.

Quando põe o olho numa coisa, pode ser o trem mais vagabundo deste mundo, não tem remédio — mais dia menos dia, a coisa acaba sendo dele. Foi assim com a Fazenda do Brumado. No que o coronel Boanerges abotoou o paletó, os herdeiros se desavieram. Deu em demanda brava, com ameaça pra lá e pra cá. Tibúrcio aproveitou a briga — estava pra ele — e pagou uma bagatela pelo quinhão enrascado de cada filho do falecido. Aliás, quem lá foi narra que a fazenda deu pra trás, ficou à matroca. Dia-hoje ainda ouvi contar. É de cortar o coração. O pomar, tão bonito e fresquinho, morreu. Até os passarinhos mudaram de pouso. Vivente nenhum quer a companhia desse onzenário. Nem ele faz questão. Para não ter de desembolsar, nem se haver com capataz e camaradas, Tibúrcio não tocou a lavoura. Dispôs da criação restante. O algodoal secou. O cafezal — pois que tinha café —, o cafezal a lagarta comeu. E dizer que no tempo do coronel Boanerges, Deus o tenha, ali pastou o melhor rebanho de carneiros que jamais se viu por toda esta região. Tibúrcio se contenta de ter. É o dono, chega. Não se mexe. Trancou a sede do Brumado e botou vigia na porteira, para não deixar entrar bicho nenhum deste mundo, seja de dois ou de quatro pés. O vigia é um jagunço jararaca muito conhecido. Atravessou a cerca, ainda que inocente, só para atalhar, já sabe: ele atira sem dó nem piedade. E dizer que aquela vastidão de terra está lá à toa, só fazendo distância. Não é sem razão que já escutei dizer que terra na mão desse desgraçado degenera, mais seca do que deserto. Hoje em dia, ninguém sabe quanta gleba que ele tem, um mundão. Fazendeiro e sitiante, é raro o que ainda não largou um pedaço de chão na mão dele.

Desgraça, crime, má sorte, desacordo de família, doença, morte, desavença de vizinho, parece que atrai o Tibúrcio. Eta abutre pra lavrar em proveito próprio! E lá vai ele aumentando a safra de seus haveres, até ficar podre de rico. Devora tudo que lhe cai na goela e nunca que enche o bucho. Tal qual piranha. Mais tem, mais quer. É a sua lei. Não tem conta a montoeira de casas e de casebres que já tomou para si, em Santa Rita e até alhures. Negócio com ele é entabular e sair perdendo. Pois ainda assim, encontra gente para todo dia ir bater na sua porta. É a tal coisa: a necessidade faz sapo pular. Aqui ninguém tem pra onde se virar. Tem que cair é lá mesmo, na bocarra do Tibúrcio. Ele é que não precisa nem se mexer. Riacho não sobe morro.

E o unha de fome faz questão de ganhar escoteiro, não divide a sua abundância. Certa vez, uma só, teve sociedade numa farmácia que abria portas bem aqui juntinho dos Quatro Cantos. Era a botica de seu Lulu Xavier, todo mundo se alembra. Coração mole, caridoso, seu Lulu teve de admitir o Tibúrcio na qualidade de sócio. Pois a farmácia não demorou muito, fechou. O azarado de seu Lulu saiu corrido para Ouro Preto, uma mão na frente e outra atrás. Andou aí a notícia que se matou. Não é de admirar. Fechada a farmácia, deu de aparecer estoque de remédio no Barateiro. Essa loja é que nem uma cisterna mágica: a poder de dinheiro, está para se ver o que não sai lá de dentro. Bato nesta boca, Deus que me perdoe, mas esse seu Tibúrcio é um que até parece que tem partes com o Maligno. Não espanta se forem sócios. Por isso não se importa com a dor alheia. Na esteira de sua riqueza, há lágrima pra fazer correr um rio. Mas quedê que ele escuta o choro dos que lesou? Pobre geme baixinho, não faz alarde.

O pior é que quanto mais rico, mais sovina. Tão somítico que come só uma vez no dia, e escondido, com medo de mau--olhado. Um que já viu me afiançou que se nutre de verdadeira lavagem, que até capado, sendo de mais luxo, é capaz de recusar. Quem cozinha agora para ele é a sá Joaninha do Tataço, mulata meio zaronga que não se vexa de catar tudo que vê na rua. É uma figura, essa Joaninha. Vale a pena ver. Veste apenas camisa de ximango, o colo entupido de bentinhos. Dizem aí que lava a louça, imagine que louça, dentro do penico, pra mode economizar. Tibúrcio é mestre em desencavar gentinha dessa laia, que sofre das ideias. Uns filhos de égua com soldado de polícia. O feio ao feio se junta. O último a se agregar foi o moleque Zé Leluia, filho de cachorro com eucalipto, que ninguém sabe de onde surgiu. Sem nome de pai ou de mãe, foi nomeado pelo acaso, porque nasceu num sábado da Aleluia. Não sei como é que esses pancadas se arrumam para viver. Porque pagar, Tibúrcio não paga nem fogo na roupa. Só mesmo esses sabascuás se sujeitam a trabalhar para ele.

Mas eu ia dizendo. Jantar, não janta. À noitinha, sorve uma beberagem, um café ralinho adoçado com rapadura. Se a barriga ronca, manda um pedaço de batata-doce. Dorme na esteira, para não gastar catre ou lençol. Passa a noite com um olho aberto, e à escuta. Tão alerta que, se chega um freguês a desoras, vai logo destrancando a porta para vender. Estando sozinho, namora a loja, feliz só de saber o que tem. Vende com o coração pequenininho, com pena de desfalcar o sortimento.

Ninguém tira farinha com ele. Nem bicho. Rato que é rato, só porque come do alheio, ele mata melhor do que gato. E fulmina também gato ladrão. Para exemplar a raça, nunca vi, mas já ouvi dizer que mata devagarinho e às vezes tira disso divertimento. Não me estranha se me disserem que come carne de bicho nojento, cruz-credo! Quem já fez o que fez!

Tem gente que jura que ele já mandou matar mais de um desinfeliz que num mau negócio largou a pele em sua mão. Tudo isso é possível. História antiga, das do velho Joca Ipanema, conta que Tibúrcio tinha uma irmã mais velha, por parte de pai, filha como ele do tal Firmino Gancho. Pois deixou a irmã morrer à míngua, na mais negra miséria. E depois de morta, ainda se recusou a pagar o enterro.

Tem noite que Tibúrcio se esconde no Pastinho. Corre a fieira de suas casas, uma por uma, e confere o que tem. Mantém lá como vigia o Rufino Moçambique, outro que não é bom da bola. Tem vários crimes nas costas. Lá mesmo no Pastinho, já tiroteou um menino que roubava pitanga por cima do muro.

É cada coisa que contam. A gente ouve. Até parece caçoada. Diz por exemplo que Tibúrcio de tão forreta se senta no escuro sem as calças para não gastar os fundilhos. Só veste brim do mais ordinário, isto se vê. Camisa de riscadinho. Gravata não sabe o que é. Botas, tem um par de botas vai para mais de vinte anos. Prefere arrancar a unha num tropicão a de leve esfolar a bota. Não compra nada para seu gasto. Nunca quis casar porque casar é dividir. E dividir é o que ele menos quer. Tem tesouro enterrado. Dinheiro, traz até costurado no cós da calça. Só com as moedas de antanho, pode muito bem encher várias arcas. Não é exagero. Pratas, pedras preciosas, até ouro. Barra de ouro dos bons tempos, como hoje já não se vê mais.

O povo debocha e debica. Caçoa à sua moda, para tirar o seu desconto. Maneira também de se vingar. Quem diz menos diz que Tibúrcio nasceu de mão fechada. Que não jogou peteca em criança. Que só se coça para dentro. Que não reparte nem o cabelo. Que faz frango ao molho pardo sem matar o frango, tirando o sangue com uma seringa. De tão ridico e pão-duro, não dá nem bom-dia. Diz que tem um toucinho em cima do fogão, amarrado por uma carretilha. Na hora de refogar a comida, puxa o toucinho e passa no fundo da panela. Daí não ter gordura no corpo, que é enxuto como pau de virar tripa. Ponha reparo como ele é todo espigadinho, não mostra a idade. Poupa até no tamanho. Mas no empalmar o alheio não tem medida nem escrúpulo.

É o caso de dona Biela, que vivia de costurar para fora. Casando uma filha, em má hora se lembrou de pedir ao Tibúrcio uma tutameia de dinheiro emprestado. O tempo fluiu, dona Biela não desenvolveu como esperava. Aí o Tibúrcio exigiu como paga a máquina de costura. Ele mesmo foi lá buscar. Não ouviu o clamor de dona Biela, nem das filhas, nem dos vizinhos. Foi saindo tão agarrado com a máquina que ele mais a máquina pareciam uma coisa só.

Pior, só o que sucedeu com sá Bertolina. Gente há por aí que viu com os seus olhos. O marido de sá Bertolina foi sempre meio sistemático. Às tantas, deu para cometer umas esquisitices. Em resumo: endoidou. Loucura declarada. Foi até para o hospício de Barbacena, por intervenção do major Sotero. Sá Bertolina ficou viúva de marido vivo. É verdade que o marido, mesmo antes de declarar, nunca foi lá de se amolar com ganhar a vida. Sá Bertolina que não se cuidasse! Fiando de dia e de noite, para tirar no batente o seu ganha-pão. E para a família numerosa. Boa fiandeira, sá Bertolina. Tece uma colcha de dado que é uma perfeição. Pois a certa altura, ninguém sabe por obra de que barganha, Tibúrcio se meteu casa adentro da pobre dama e carregou com a sua roca, rumo ao Pastinho, onde está até hoje, crivada de teia de aranha.

Tibúrcio já botou no olho da rua muito inquilino sem teto, por estar atrasado uma bagatela de aluguel. Uma história puxa a outra, é um não acabar. Foi o caso com o carapina e hoje coveiro Zé Tché. Homem bom e alegre estava ali. Um pândego, mas boa alma, e oficial de mão-cheia. Sucedeu de enviuvar com uma penca de filhos. A princípio, não quis se resignar. Deu nele uma tristura e quedê jeito de pegar no trabalho? Morava numa meia-água do Tibúrcio. Pois o sovina não trastejou: atirou o Zé Tché no sereno, com a filharada andrajosa. Dois ou três dos anjinhos vieram a morrer, tal a penúria em que ficaram. Zé Tché perdeu o gosto de viver. Dizem que lhe deu na veneta de matar seu Tibúrcio. Mas qual, assassino não se improvisa. Imaginou sair de Santa Rita. Acabou mesmo foi se ajeitando como coveiro. Veja como são as coisas: um homem de espírito tão folgazão! Era, porque hoje nem sorri. Mora naquela casinhola que tem lá na chácara do vigário, também chamada "cidade dos pés juntos". Com tanto gosto pela vida, foi viver junto da morte. Mas não esqueceu a maldade e dela guarda rancor. Não é para menos. Já que não matou, jurou que vai enterrar o Tibúrcio em cova rasa e depois há de cuspir e mijar todo dia em cima da sepultura. Apregoam que Zé Tché até já fabricou um caixão de indigente nas exatas medidas do futuro defunto. Sei lá. Pensando bem, é capaz do unha de fome ter feito negócio com a Parca e assim venceu a morte. Desde que me entendo por gente, o homem tem a mesma cara, sem tirar nem pôr. Vive retirado como um lazarento. Se não sofre, também não se gasta. Vai ver que é isso. Só ama o dinheiro. E não tem apego a ser vivente.

Já ouvi contar que se desgostou de toda criação, desde que morreu uma cabra que lhe rendia uns litros de leite. Seu pendor se voltou exclusivo para tudo que é valor. O que o tempo não corrói nem gasta. Além do Estrelado, que se saiba, só tem o biquinho-de-lacre que pendura diante da loja, em manhã de sol. Essa raça de passarinho já é ave de pouco comer. Mas o dele jejua como bom cristão, para não consumir uma talhada de mamão ou um cuitezinho de nada de alpiste. Foi a Dominga que pegou com visgo esse bico-de-lacre. A doida, quando lhe dá na telha, passa horas conversando com os passarinhos.

Essa Dominga, meio capenga, feia como a dor da morte, já teve dois filhos. Falam aí quem foi o pai. De uns anos a esta parte, foi morar no barraco dos fundos da loja de seu Tibúrcio. Alguma vantagem ele há de tirar com isso. É mulher rezadeira e, maluca assim mesmo, diz que fecha o corpo com reza forte contra arma branca e arma de fogo. Depois que foi morar na loja, engravidou uma terceira vez. Mas abortou e quase esticou a canela. Tem aí uns linguarudos que garantem que o filho era do Tibúrcio. Se era, o malandro não quis herdeiro. Para não ter despesas, o desalmado é capaz de tudo.

Por falar, não falta quem afiance que foi o Tibúrcio que vendeu o veneno com que seu Vico matou a dona Biúca. Eram marido e mulher, mas pareciam mais cão e gato. Ferravam cada briga! Até que se deu o crime, que ficou um tempão encoberto. Apesar das brigas, ninguém havia de desconfiar que aquela flor de seu Vico seria homem de mandar a própria mulher desta para melhor. Foi a filha de seu Vico que bateu com a língua nos dentes. É uma conhecida como a Marieta da Biúca, pequetitinha e troncuda que nem anã. Complicou a situação do pai. Seu Vico respondeu a júri e está cumprindo pena na cadeia de Tiradentes. Mas o Tibúrcio saiu de liso da trapalhada. E ainda botou a mão em cima da porcaria da herança de dona Biúca, um arremedo de chácara com um bode e uns pés de laranja. Imune, enfiou no bolso o lucro do sujo crime. A Marieta da Biúca, desatinada, anda aí. A última que arranjou foi raspar a cabeça. Fez promessa de dar o cabelo para Nossa Senhora do Rosário. Está um monstro de feia. Depois que lhe passou a perna, seu Tibúrcio não quer saber de conversa com ela. Fica é lá na loja, jiboiando o rendimento de tanta desgraça dos outros.

Deixa estar que é mesmo o pai da avareza. Mais agarrado do que a santa mãe de São Pedro. O povo já nem gosta de sujar a boca com o seu nome. Falam é aquele munheca de leitão assado. Ou equivalente. Mas ele vai vivendo no seu bem-bom. Já não tem onde botar o dinheiro. Diz que esconde até no oco dos santos. É possível. Pois que, apesar que incréu, só trata negócio com a imagem de Santo Onofre no bolso, para chamar mais lucro. Santo Onofre tem fama de chamador de dinheiro, mas será que ajuda um miserável daquele? O homem não fuma, não bebe, não tem vício para não gastar. Mas explora o jogo — roleta, víspora, bingo e campista, todo esse sumidouro do dinheirinho honrado de muito pai de família extraviado pelo azar. O azar seduz, é sabido. Até um homem da projeção do major

Sotero, que não tem sabido ter mão na riqueza que herdou. Não havia de ser o Tibúrcio que ia ficar inerte, como um palerma, diante das doideiras do major. Tratou de ir lhe abrindo o abismo. Tibúrcio não descansa, nem dorme de touca. Rico como é, chega ao cúmulo de rachar um palito de fósforo em três! E garanto que assim mesmo não acende o pito de nenhum mortal.

Ia me esquecendo, Tibúrcio tem um cavalo. Está lá no Pastinho, comendo o que acha. Seu nome é Estrelado. Foi tirado na rifa. Ninguém pode com o homem, até a sorte está do seu lado. Já viu o Estrelado? Cavalo magro, tristonho, trote duro. O corpo todo cheio de pisadura, de tanto ser esporeado. Mas aguenta o dono no lombo nas suas andanças por aí afora. Não sei como o animal ainda não deu com o rabo na cerca. Tem mesmo estrela na testa. É nele que o Tibúrcio amonta para ir especular suas terras e apertar o crânio dos parceiros. Meeiro com ele não folga. Acha jeito de trazer tudo vigiado. Ao mesmo tempo que está aqui, está lá e acolá, como se fosse assombração. Mas como eu ia dizendo, o Estrelado e o biquinho-de-lacre é toda a criação do Tibúrcio. Já não falei que ele não gosta de bicho nem de gente, de tudo que é vivo?

Noutros tempos, muito antigamente, teve um pangará manso-manso, chamado Brinquinho. Este não cheguei a conhecer. Conheço a história que dele ficou e que volta e meia estão contando. É mais ou menos assim. Um filho de seu Quincas Coletor se agradou do animal. A gente sabe como é criança quando cisma com uma coisa. Encasquetou. Aí é que o Tibúrcio, já tendo lá o seu plano, não deixou mesmo o menino dar um repasso. E ainda mandava puxar o Brinquinho defronte da casa de seu Quincas, para pôr mais água na boca do inocente. Nem todo pai tem o coração derretido de seu Quincas Coletor. Seja para ter paz, seja porque tinha os recursos, o fato é que não tardou a propor comprar a alimária. Tibúrcio mais que depressa se esquivou, com desculpa que era animal de estimação. E o menino querendo porque querendo. Foi então que Tibúrcio se dispôs a vender e pediu um preço desses bem extravagantes. Contado, ninguém acredita. Seu Quincas, bom homem, contrapropôs, mais abaixo. Tibúrcio fechou a questão: era o preço caçula. E o coió de seu Quincas, em vez de deixar pra lá e comprar outro cavalo (afinal, dava no mesmo), acabou pagando o despropósito para satisfazer o menino, que era até meio doentinho. Há de ver que foi isso. E aqui em Santa Rita, desde então, quando alguém diz não-vou-comprar-o-Brinquinho quer dizer que não é bobo de fazer mau negócio.

Assim é o Tibúrcio. Só de viver e esperar vai se enchendo cada vez mais. Com quem é que se pega, com que potestade, não sei. Pois além do mais é incréu. Não dá esmola, nem espórtula. Escute esta. De puro capricho, ou para fazer graça, padre Casusa certa vez mandou incluir o nome do Tibúrcio como festeiro da festa maior de Nossa Senhora do Rosário. Honra que esse usurário nunca fez por merecer. Só de falar no santo nome da santa, tiro o chapéu. E dizer que nunca fui festeiro. Mas vamos adiante. Pois Tibúrcio não soltou um vintém para os festejos. No dia, apareceu no adro, o que é raro da parte dele. De cara limpa, a mão fechada. E cuidou foi de explorar o jogo de azar nas barraquinhas. Também, foi a gota d'água. O padre perdeu a paciência e subiu no púlpito com a boca cheia de impropérios. Fez um sermão que era um xingatório do começo ao fim. Uma beleza de palavreado. Mas não tocou no nome do miserável.

Não quis dar nome ao boi. Em todo caso, todo o mundo entendeu que estava desancando o excomungado. Surtiu efeito? Qual o quê! Tibúrcio nem abanou o rabo. Não perde tempo com religião e com padre.

O homem adora mas é o bezerro de ouro que está escondido no sobrado do Pastinho. Acende vela, vela ímpia, em sinal de devoção ao ídolo. Teve gente que esperou na tocaia para tirar as provas dessa celebração. E viram, sem tirar nem pôr, quando o Tibúrcio subiu no mirante, com uma vela em plena escuridão. Diz que é lá o altar do tal bezerro. Há de valer uma dinheirama. Por essa e por outras é que o Tibúrcio, mal assinando o nome, se assina capitalista nas escrituras lavradas no cartório do Tomé Pintado. Se continua nesse passo, dentro em pouco vai ser proprietário de tudo. E quem não se conforma, que se arretire.

Só mais um dedo de prosa, para arrematar. Faz cerca de dois anos, o mulato Zé Lucas, expedito, mecânico de orelhada, apareceu aqui dono de uma furreca. Uma lata velha. Em todo caso, servia para o gasto. Botou a jardineira a serviço do povo, ligando Santa Rita a outras cidades. Só a vantagem de dispensar a montaria até a estação das Coroas, pra pegar trem de São João del Rei, já pensou? E a gente ficar livre do atalho pela mata do Baú! Aí o Tibúrcio botou olho comprido na jardineira. Farejou algum negócio. Ou então é porque não queria ver o pessoal indo comprar e se abastecer fora de sua loja. O fato é que, com desculpas de ajudar, andou soltando uns empréstimos no Zé Lucas. O pateta se deixou enrolar, como se não conhecesse quem lhe estendia a mão. Quando Zé Lucas acordou — e é um mulato esperto como poucos —, olha aí o Tibúrcio feito dono da jardineira. Zé Lucas virou empregado e continuou guiando a furreca por uns tempos. A primeira providência do Tibúrcio foi aumentar o preço da passagem. E logo tomou outras medidas antipáticas. Por exemplo: a jardineira só podia arrancar dos Quatro Cantos com a lotação completa. Quer dizer que não tinha hora, nem dia de partir. Seu Quincas Coletor, o mesmo que comprou o Brinquinho, certa vez precisou de ir a São João com urgência, a chamado. Teve de marchar no preço de cinco passagens, tantas eram as vagas que faltava cobrir. Conforme o esperado, Zé Lucas acabou se zangando com o Tibúrcio — o diabo do homem não admitia gasto com as viagens. Veja só, com essas estradas. E assim Tibúrcio encostou a furreca. Depois, passou adiante com lucro gordo. E Santa Rita ficou lesada porque perdeu o progresso de uma condução tão importante.

Por essa e por outras é que dizem que esse amaldiçoado traz é desgraça à nossa terra. Ninguém vai para a frente. Só se vê entre nós uma miséria engatando numa carência. É pobreza atrás de pobreza. Só o Tibúrcio acha jeito de prosperar. Todo mundo perde, e ele lucrando. O povo fala, mas deixa pra lá, esquece. Falar é saliva. Pode consolar o pobre, mas não lhe aumenta.

Quanto ao Tibúrcio, é esse o homem.

3

Tibúrcio já estava decidido a se recolher ao Pastinho, quando chegou o enxerido do padre Casusa. Veio sozinho, mas a visita provocou curiosidade nos Quatro Cantos. Para encurtar a conversa, Tibúrcio não o convidou a entrar. Ficaram os dois de pé na calçada. O vigário, com voz macia, espichava o assunto, disfarçava. Lamentou a ausência do comerciante na festa de São Francisco. Perguntou pelas horas, suspirou que era tarde, mas continuou desperdiçando tempo.

— O que me traz aqui — disse padre Casusa, afinal.

E deu o seu recado. Pintou um major Sotero que só existia na sua cabeça: cidadão prestante, filho de tradicional família. Sofreu desgosto na política. Perseguido pela má sorte, descurou a administração de seus bens. Recorreu então aos préstimos de capitalista de seu Tibúrcio. Sabia que não tinha sido possível a dilação do prazo da hipoteca que gravava a Fazenda do Pinhão. Muito bem. Mas o major goza de bom conceito e de crédito. Vai levantar fundos em São João del Rei. Resgatará os compromissos.

Se bico valesse, tucano era advogado — Tibúrcio sussurra dentro de si mesmo. E, calado, não encara o vigário. Padre Casusa começa a torcer as mãos, perde o aprumo. Está entendido com o major — pensa Tibúrcio — e prometeu me dobrar. Por que o vigário se abala da igreja para vir entreter conversa fiada desse jeito? Está agora falando da caridade que deve reinar entre os cristãos. Que é que tem a ver o cu com as calças?

— Compreendo perfeitamente sua posição. — Padre Casusa recua, sorrindo beatamente.

Compreende coisíssima nenhuma. Já vem de novo com a história de atenuar as culpas do major. E outras lorotas. Até baixar ao que interessa. A hipoteca. Garante que não haverá prejuízo. Os juros serão pagos. Fiador? De boca, bem entendido. Tibúrcio não pisca. É como se não fosse com ele. Então o padre muda de tática. O major é homem de natural exaltado. Não se conforma com a perda do berço da família. Evitar desgraça maior. Não custa contemporizar. O major nasceu e foi criado com aquele sentimento de honra. Não pode ter ferido impunemente o seu orgulho de família. Um acordo será a saída para evitar mal maior. Pode vir a correr sangue. Cumpre com o seu dever de sacerdote, agindo no sentido da conciliação.

— Pois é — Tibúrcio quebra o seu silêncio. — Não costumo apear do cavalo para ficar a pé.

O padre recua de novo. Vai e volta. Em sentido estrito (que é isso?), está pronto a concordar que Tibúrcio tem razão. A propriedade é um direito. Um direito sagrado. O homem tomou tino, pensa Tibúrcio. Mas lá vem o padre com o seu sermão encomendado. Porque a caridade. Porque o mandamento cristão. O desapego aos bens deste mundo. A grandeza da generosidade. Tibúrcio nem pestaneja. E o vigário não parece descoroçoado. Recomeça a conversa mole. Acaba deixando no ar as ameaças do major Sotero. Que faz e acontece. Vai ser difícil conter o homem.

— Pois é. Posse minha não fica órfã de pai — diz Tibúrcio, e tem a impressão de que o sangue lhe corre mais depressa nas veias. Mas sua voz grossa sai mais arrastada do que nunca.

Antes de dar boa-noite, o padre promete que vai segurar o major Sotero até amanhã. Se conseguir (o major é esquentado, pode ser que não consiga), no dia seguinte trará uma proposta objetiva. Não desiste de firmar um acordo. Sempre é possível o entendimento.

Pois sim — murmura Tibúrcio enquanto tranca a porta. Acende a luz, vai à caixa registradora e abre-a com um gesto enérgico. A campainha ressoa alto dentro da mudez total da loja. Tibúrcio enrola a féria do dia em dois embrulhos, que enterra dentro dos caixões de arroz e feijão. Lança um olhar pelas prateleiras, fecha a luz. Pode sair sem receio. O Damásio vai ficar de guarda na loja. Zé Leluia ainda não voltou, deve andar trocando perna por aí, atrás de novidade. Bem andou a Joaninha do Tataço, que tapou os ouvidos à intrigalhada e foi dormir, assim que voltou da igreja. A Dominga avoada saiu de novo, para andar na rua como cachorro sem dono.

No gabinete, com a porta fechada, Tibúrcio abre o cofre e retira os documentos que acha conveniente levar para o Pastinho. Dobra os papéis, divide-os entre os bolsos de dentro do casaco e os bolsos de trás da calça. Fecha o cofre, abre a primeira gaveta da escrivaninha, onde guarda uma garrucha com todo o jeito de enferrujada. Apalpa-a hesitante, pensa em botá-la no corrião. Desiste. Armas, tem muitas, aqui e no Pastinho. Mas não gosta de andar armado. É uma cisma: desarmado se sente mais protegido. Destranca a porta e, antes de fechar a luz, olha a coruja empalhada na parede. Bicho, até morto, lhe dá nos nervos. É como um inimigo. Precisa mandar aquela coruja para o Pastinho. A Dominga já resmungou que ela dá azar. Agora, essa história do major Sotero. No fundo, um frouxo. Perdeu o seu cabedal e foi se agarrar na batina do vigário, como beata chorona. O padre e o major estão de braços dados. Vai ver, são sócios. Uns desperdiçados, todos os dois. Lá se entendem: um burro coça o outro.

Tibúrcio pensa em dar uma volta pelos Quatro Cantos, passar pela porta do botequim do Abdala, subir até o largo. Surpreender e calar com a sua presença os línguas de trapo. Haveriam de ficar com a cara daquele tamanho. Da ideia desse passeio pela cidade lhe vem o desejo de calçar as botas. Na loja, em geral não anda calçado. Enfia os pés nas meias grossas de algodão e anda de chinelos. Reserva as botas para as grandes ocasiões. Imponentes, de cano alto, só para dia de festa. Essas botas foram compradas em São João del Rei, faz muitos anos, pelo filho do coronel Boanerges. O estroina passou pela loja e pediu a seu Tibúrcio para guardar o embrulho. Nunca mais voltou. Naquela mesma noite, se meteu numa encrenca a propósito da honra de uma moça donzela. Sumiu de Santa Rita para sempre. Tibúrcio é que saiu lucrando. Guardou as botas com cuidado. Teve tentação de vendê-las, até que um dia se decidiu a calçá-las. Continuavam praticamente novas. Ainda outro dia mandou Zé Leluia escová-las.

Tibúrcio apanha o par de botas, acende a luz e senta-se no seu banquinho. Valeria a pena dar uma volta pelos Quatro Cantos? Vive apartado de todo mundo. É o seu jeito, desde que nasceu. Melhor não perder tempo com esses padoias que não sabem o que fazer da vida. Passam o dia quentando sol, ou falando da vida alheia. Uns chefosquentos. Fazem luxo para tudo, não querem nada com o trabalho. Para quem quer, serviço não falta. Mas quem é que quer saber de trabalho em Santa Rita? Ou são uns potoqueiros, uns gargantas, como esse major Sotero, roedor de herança. Ou são uns pés-rapados que não têm onde cair mortos. Perdidos de graça, vão vivendo à toa feito passarinho. Não fazem por merecer. Sem cuidar de seu pé-de-meia, invejam o alheio. Gentinha ordinária. Há de ver que estão todos estimulando os maus bofes do major. Mas este não é bobo, vê onde pisa. Formiga sabe em que roça come. Passarinho que come pedra sabe o cu que tem. O major gastou o seu cobre porque quis. Dinheiro, como tudo nesta vida, um dia acaba. Em mão aberta, dinheiro é macho, não reproduz. Vai minguando, quando o homem acorda, é tarde. Está no ora-veja. O major passou de porqueiro a porco. Bem feito. Dissipou o que era seu. Andou até viajando. Viagem custa os olhos da cara. Nem o apito do trem é de graça. Agora, não há de ser o Tibúrcio que vai pôr azeitona no pastel alheio. O major viveu vida regalada, que se afomente. Padre Casusa não tem é vergonha de vir com aquela proposta. O major veio na chama direitinho, tal qual filhote de garrincha que ouve o pio da mãe. Está no beco sem saída. Na rua da amargura. Paciência. Diz que esfola e que mata. Que ateia fogo. É baixo. Por via das dúvidas, melhor prevenir do que remediar. A Dominga foi chamar o Damásio no Acaba-Fubá. Com o Damásio na loja, valentia não entra portas adentro.

Tibúrcio empurra os chinelos para debaixo do tamborete. Sentado, sem pressa, recorta primeiro duas palmilhas de jornal. Calça uma bota, depois a outra. As botas são grandes demais para os seus pés. Os gadelhos ficam nadando lá dentro. Não tem hábito de andar calçado. Fica difícil caminhar com aquelas botas de sete léguas. Mas é assim mesmo que Tibúrcio vai sair. Passa em revista mais uma vez as portas bem trancadas e se retira sem esperar pelo Damásio, que deve estar chegando. Ele conhece o seu ofício. Basta chamá-lo, já sabe.

De pé na esquina, Tibúrcio sonda o céu. Tempo firme, sem sinal de chuva. A tabuleta balança de leve: Ao Barateiro de Minas. Está tudo em paz. Umas poucas vozes nos Quatro Cantos. O botequim do Abdala ainda animado. Boa féria para o turco. Cambada de vadios, em vez de ir dormir! Por onde andará o major? Se tivesse de vir tomar satisfação, já teria vindo. Não há de querer se aventurar até o Pastinho. É esperar e ver o que acontece. O que for soará.

Tibúrcio evita os Quatro Cantos. Não quer encontrar ninguém. Esgueira-se pela rua Direita, protegido pela pouca luz. Sobe a ladeira, o andar difícil, as botas pesadas. Atravessa o largo. Tudo calmo, como de costume. A igreja fechada. São Francisco lá dentro, ainda há pouco festejado, agora esquecido. Estranho apenas que na casa paroquial a luz ainda esteja acesa. Vigário boêmio, aluado. Boa coisa não há de estar fazendo. Ou estará com o major Sotero?

Tibúrcio deixa o largo para trás, segue o seu rumo. Não cruza com ninguém. Diante do último passinho da Paixão, já quase chegando, vê uma mulher de véu, ajoelhada e contrita. Que doida será aquela? Tibúrcio muda de calçada, a mulher nem dá pela sua presença. Os passos na calçada. O eco cadenciado das botas no chão. Depois do último poste, a luz fraquinha, rodeada de mariposas, é a escuridão total. As botas chapinham na areia — aí estão as casas geminadas de Tibúrcio, fechadas, solitárias, em paz. Mais um pouco e ele atravessa o renque de casuarinas, sobe pela trilha até a porta principal do sobrado. Quando está escolhendo a chave no molho pesado, a porta se abre. É o bronco do Rufino Moçambique, a postos como lhe cumpre. Ouviu passos, veio ver se era o patrão. Crioulo fiel. Tibúrcio lhe dá ordem para ir vigiar as casas vizinhas. Pode deixar o sobrado por sua conta.

O sobrado é como um castelo assombrado, apinhado de coisas. Tibúrcio sabe de olhos fechados tudo que está ali dentro. A porta range ao fechar-se. Passa-lhe a tranca por dentro. Caminha até a sala e tateia a mesa comprida, encostada à parede. A luz elétrica está desligada. Medida de economia. Acha logo o candeeiro de carbureto. Ouve o baque surdo de um rato que foge de encontro aos móveis. Hesita. Melhor não acender logo o candeeiro. A chama azulada pode chamar a atenção de quem esteja rondando lá fora. Algum capanga do major. A andadura de um animal vem vindo longe, no princípio da rua. O silêncio avoluma o trote distante, primeiro lá perto do passinho. Vem vindo, se aproxima no mesmo ritmo, cada vez mais nítido. Parou? Não parou, foi adiante. Vai sumindo, perde-se lá longe na estrada. Há quem diga por aí que o Pastinho é assombrado. Qual cavaleiro-fantasma qual nada. Deve ser alguém no rumo de alguma fazenda daqueles lados. Devoto de São Francisco regressando com a fresca da noite, depois de render o preito ao santo.

Tibúrcio guarda os papéis que trouxe. Senta-se na marquesa empoeirada. Pensa em tirar as botas, mas os pés estão confortáveis, passou o formigamento. Tateando no escuro, acha a candeia e decide acendê-la, em vez do candeeiro. A droga está sem óleo. Sacode-a junto ao ouvido. Logo ali na despensa está o azeite de mamona. Tira a caixa de velinhas e joga uma dentro da candeia. Risca o fósforo — a velinha flutua no azeite. Acende a candeia e a chama esbranquiçada crepita no silêncio do sobrado. Volta à sala, encaixa a candeia no arco do portal. A luz trêmula abre um halo irregular na treva, o suficiente para entremostrar o contorno dos trastes que entulham a peça larga, de pé-direito alto. Um desses dias vai pôr ordem no sobrado. Espanar, acabar com essa riviria. Senta-se, a marquesa estala. Quase ao mesmo tempo, vem lá de cima um barulho surdo, encadeado. Algum bicho? Certamente um gambá. Ainda bem que o forro não é de esteira caiada, desses que cedem e formam um papo no ponto em que o gambá faz seu ninho. Tudo ali é do bom e do melhor. Madeira de lei. Forro de cedro-do-líbano, pesado e rijo, como já não se faz hoje em dia. O sobrado não tem comparação com a fieira de casas vizinhas, apoiando-se umas nas outras para não cair.

Tibúrcio sente a barriga roncar. Com a festa de São Francisco, a amolação do major e a visita importuna do padre, não tomou o seu caldo, nem ao menos bebeu café. Por um instante, sua atenção se volta para o paviozinho de espermacete que estala na candeia. A chama tremeluzindo estremece as sombras que lambem as paredes. À sua volta, coisas de sua propriedade, um patrimônio juntado dia a dia, ao longo de muitos anos, com carinho e paciência. Ama as coisas acima de todas as coisas. A candeia deixa escapar uma fumacinha preta, o pavio estala mais alto. Lá fora, na altura das casuarinas silenciosas, um gato está miando. Outro gato começa a rosnar comprido, num dueto mais sinistro do que amoroso.

Tibúrcio apanha a candeia no arco do portal. Enfia o indicador pela alça e vai andando até a cozinha. Barata por todo lado. Acende uma palha de ovo na chama da candeia. Vai fazer fogo. Assopra as brasas para se avivarem. A fumaça sobe até o teto de treliça. Tibúrcio tosse. Apanha um cuité de café torrado em grão. Onde diabo meteu o moinho, que devia estar pregado na ponta da mesa? Derrama o café no oco do pilão de madeira. O soco cavo do pilão ecoa pela casa, mais forte, menos forte, em ritmo certo. Os sapos lá fora param de coaxar. Adiante, no pasto seco, o Estrelado bufa, denuncia a sua presença. Deixa estar, amanhã bem cedo vamos dar um pulo ao Pinhão.

A Fazenda do Pinhão. Os pinheiros ao lado da casa-grande. Quando chega o tempo, as pinhas se abrem e os pinhões caem aos montes no chão. Cozidos n'água com sal, esses pinhões têm um sabor antigo, todo especial. A infância que não teve. Quando menino, Tibúrcio não chegou a provar, mas bem que queria. Agora, quem vai comer os pinhões é ele. Os pinheiros lhe pertencem. Os mesmos pinheiros de antigamente. Toda a fazenda é sua: a sede centenária, o curral, o moinho, o paiol, os pastos e as plantações. Tudo dele.

A água está esquentando numa lata de banha. Custa a ferver. A candeia, em cima da mesa. Tibúrcio atiça o fogo. Em pouco, passa o café no coador duro pela falta de uso. Não tem o que comer. Nem um pedaço de batata-doce, para assar nas brasas. Toma aos goles o café, numa caneca de folha de bordos pretos. Sujeira por toda parte. Precisa mandar fazer uma limpeza em regra no sobrado. Sente o estômago reconfortado, agradecido. Esfrega as mãos em cima do fogão. Retira os tições que não se queimaram de todo, apaga-os na barrica d'água e guarda-os no caixote ao lado.

De novo na sala, Tibúrcio não tem disposição de dormir. Nunca foi de muito dormir. Com a idade, tem cada vez menos sono. A Fazenda do Pinhão não lhe sai da cabeça. É uma obsessão. A dizer a verdade, não se preocupa com as ameaças do major Sotero.

Fica indeciso entre continuar ou não na sala. Sentar-se na marquesa, cochilar um pouquinho, tirar as botas, folgar os pés, esticar as pernas, ficar ruminando. Melhor subir.

As botas vão ecoando pelos degraus da escada de madeira. Tibúrcio passa uma vistoria pelos quartos. Está tudo em ordem. Um cachorro começa a latir, longe. Outro responde, perto. E mais outro. A cachorrada conversa no silêncio da noite sem lua. O povo diz que cachorro para de ladrar de noite debruçando um chinelo no chão. Tibúrcio não tem chinelo à mão. Nem crê em superstições. Acredita em coisas concretas, na posse delas.

Subir ao forro. Vem-lhe a ideia, depois o desejo de subir ao forro. A esta hora da noite, no escuro! Dormir não vai. Subir até lá, ver como estão as coisas. A noite passará mais depressa. Santa Rita do Rio Acima pode ser que desconfie, mas não calcula a riqueza que ele esconde num desvão do telhado daquela casa. Ninguém sabe. Joias, um colar de ouro de quase meio metro. Anéis. Finos artigos de antiga ourivesaria. Moedas. Prata. Candelabros. Preciosidades que outros perderam e que ele foi juntando. Coisas atraentes, atraídas por sua posse cuidadosa, quase sensual. Duas barras de ouro do melhor quilate. Sobras raras da velha riqueza das Minas Gerais. Ouro arrancado às entranhas da terra, por mão cativa. O destino do ouro é estar escondido. Nas entranhas da terra, ou na escuridão do sótão. No segredo da canastra, debaixo de sete chaves.

Tibúrcio vai até a alcova em que guarda a escada de abrir. Porta trancada. Leva a escada no escuro até debaixo do alçapão, no cômodo da frente. À luz da candeia, escolhe a chave que abre o alçapão. Debaixo do braço traz o porrete de braúna. A candeia presa no dedo indicador, vai subindo devagarinho, degrau por degrau. As botas dificultam os passos. No topo da escada, abre o cadeado e o retira das argolas que pendem do teto. Guarda-o no bolso. Empurra a pesada tampa do alçapão com o porrete, que serve de calço para manter aberta a entrada do sótão. Com um gemido — a dor nas cadeiras — mas ágil, sustenta o corpo no ar, as mãos apoiadas no forro. A candeia já está ali em cima e ilumina o seu refúgio. Recolhe as pernas, pronto: aqui ninguém o incomoda. Retira o calço e fecha cuidadoso, sem ruído, a tampa do alçapão.

Cá está. Tem que andar curvado para não bater com a cabeça nas telhas à mostra. Os grossos caibros de madeira de lei. Como um animal acossado, enfurnado nos altos de uma casa fora da cidade. Duas canastras pojadas de valores. Não precisa abri-las. Só de ver com seus olhos repousa. Fora da cobiça alheia, inexpugnáveis. Uma teia de aranha se agarra no seu cabelo. Tibúrcio bate duas ou três vezes com o bastão de braúna num caibro tosco. A vigia triangular, aberta na parede grossa, está fechada com barras de ferro e vedada com uma tela, para bicho nenhum entrar. Espia lá fora. Escuridão medonha. Não dá nem para ver a copa das casuarinas, que nenhum vento agita. Melhor assim. Não gosta das casuarinas gemendo dentro da noite. A luz da candeia aconchega, tranquiliza. A cachorrada parou de ladrar. A espingarda de dois canos, chumbo grosso, está encostada a um canto.

Sentado numa canastra, Tibúrcio descansa do esforço de subir até ali. Proprietário do Pinhão. Talvez mudar-se para a fazenda, fugir das futricas da cidade, do convívio de todo mundo.

Deixar a loja com alguém de confiança. Mas quem? Ninguém neste mundo merece confiança. Levar para a fazenda o tesouro do Pastinho. Acabar seus dias retirando, no Pinhão senhorial. Ali onde outrora um menino pobre, sem pai nem mãe, ficou atirado, sozinho, sem que ninguém lhe dirigisse a palavra. Deve ser a mesma cozinha, a mesma escada, a mesma paisagem. Os mesmos pinheiros altivos. A grande fazenda dos ricos Peçanha. Rico agora é o Tibúrcio. Duas barras de ouro — quem pode dizer o mesmo? Diante disso, de que valem as bravatas do major Sotero?

Quando Tibúrcio decidiu descer, ainda não tinha sono. Podia continuar vigilante até o dia raiar. Mas espichar um pouco no catre embaixo. Aliviar aquela dor nas cadeiras, de tanto estar sentado. Acende a candeia, que tinha se apagado — que vento soprou no sótão?

O corpo dobrado, faz força para suspender a tampa do alçapão. O movimento é inverso, descer é mais complicado. Escora a tampa pesada com o porrete. Apalpa o cadeado no bolso. Agacha-se, estica o braço para iluminar a escada. Lá está, no mesmo lugar, aberta, à sua espera. Deposita a candeia ao alcance da mão. Passa primeiro a perna direita, depois a esquerda. No escuro do cômodo embaixo, tateia com a ponta das botas o topo da escada. Vai deslizando, escorregando o corpo devagarinho. Agarra-se com a mão direita, depois com a esquerda, as duas mãos sólidas aguentam o corpo por um momento solto no espaço. De repente, solta um grito, a escada!

Que foi que houve? Tibúrcio esbarrou de mau jeito no calço da tampa do alçapão? Num átimo, a tampa fechou-se com uma pancada seca sobre suas mãos grossas. Dor lancinante. Tibúrcio agita os pés aflitos e a escada, com certeza mal aberta, sem base de sustentação, se inclina e cai com estrondo sobre o assoalho de tábuas largas.

Agora está sem apoio, as pernas balangando no ar. Mas conserva a cabeça fria. Não se afobar. A solução é voltar ao sótão. Abrir o alçapão fechado, libertar-se. Mas como? De que jeito? Suas mãos estão presas, sangrando. Com o susto, seu coração disparou. Pela primeira vez na vida, está ouvindo seu coração bater. Bate no peito magro, bate até na garganta. Como um pássaro de súbito preso. Calma. Há sempre uma saída para todas as situações. Saltar, esborrachar-se lá embaixo no assoalho. Tenta despregar as mãos, não consegue movê-las. É o diabo: caiu na armadilha que ele próprio armou. Como um rato esmagado na ratoeira, de repente, sem mais aquela. Balança o corpo com esforço, para lá e para cá. Os pés pesados, as botas esbarram uma na outra. O movimento aguça a dor nas mãos esmagadas — agulhas de fogo cravadas nos seus dedos. Deve ter fraturado os ossos. As unhas esmigalhadas, quem sabe roxas. Duas gotas de sangue pingam no chão. O alçapão fechado, a candeia em cima do forro ilumina as canastras. E aqui tudo escuro. Tibúrcio é duro, não se entrega assim-assim. Mas caiu na cilada. A cilada — terá sido coisa-feita? Uma zoeira nos ouvidos o impede de pensar claro. Rufino Moçambique não terá ouvido o estrondo da escada no chão? O baque da tampa do alçapão? O negro deve estar dormindo. Talvez gritar, Rufino virá socorrê-lo. Terá sido um susto, os dedos triturados como numa moenda, doendo, e mais nada. Pela primeira vez em toda a sua vida, Tibúrcio precisa dos outros. Humilhantemente. Um pobre-diabo qualquer, qualquer um serve. Tirá-lo daquela situação. Se gritar, o grito vai morrer no interior do sobrado, todo fechado, trancado a chave. Rato. Rato que cai na ratoeira. Não podia acontecer. Não é possível que já tenha acontecido. Pesadelo. Como no seu tempo de menino, quando o padrinho o sovava e depois o prendia no quarto escuro. Manter a cabeça fria, o juízo perfeito. Mover a mão direita, primeiro os dedos. Depois escorregar a mão para cá, aproximá-la da esquerda. Fechar mais os braços. Em vão. O mesmo movimento com a mão esquerda. Inútil. Está pregado, colado no forro. Os braços vigorosos distendidos, meio abertos, ainda aguentam erguer o corpo no ar. Dar um arranco, as mãos se soltam e ele cai lá embaixo, no assoalho. Pé-direito muito alto. Vai fraturar as pernas, mas se salva. Salvar-se. Sair dali. Não acabar assim. Como um quarto de boi suspenso no ar por um gancho, no açougue. Seus pequenos olhos se abrem, querem ver a escada traiçoeira caída no chão. A escada que o traiu. As coisas o traíram. Move a cabeça com esforço, a dor desce até os músculos do pescoço, crava punhais nas suas costas. Levanta a cabeça, olha para cima. A tampa do alçapão, a poucos palmos de seu nariz. Cedro-do-líbano, pesado, madeira de lei. O cadeado no bolso do paletó. O maldito porrete de braúna ficou lá em cima, no forro. Está tudo explicado: a tampa mal escorada se abateu de um golpe sobre suas mãos. Foi isto. Compreende o que sucedeu. O que está sucedendo com ele. Só com ele, com ninguém mais. Quedê o povo de Santa Rita do Rio Acima? Zé Leluia. O moleque com certeza está dormindo. A Dominga, que o benzeu. A Dominga dorme. Dormem os vigias. Dormem os devedores. Todos dormem. Rufino Moçambique, boçal, a dois passos dali. E ele dependurado como um capado. O imprevisto da cilada diabólica. Sua viagem ao Pinhão amanhã cedinho. Amanhã.

Sua vida. A vida que precisa continuar. Até o Estrelado deve estar dormindo. O silêncio é completo. Ou são seus ouvidos que não ouvem mais nada. Nem um rato chiando no rodapé. Um gambá aninhado no forro. O vento nas casuarinas. Os gatos, os cachorros que ladram de noite. Tudo dorme, em silêncio. O cômodo escuro, a escada caída lá embaixo, invisível. O sobrado, o mundo às escuras. Malditas botas. Foi praga do filho do coronel Boanerges. A Dominga dirá que as botas traziam desgraça, estavam destinadas a matar o filho do coronel Boanerges, seu dono. No entanto, Tibúrcio, que quase nunca as calçava.

Apesar das setas enfiadas nos seus dedos quebrados, sair daquela situação. Curar as mãos feridas, ir ao Pinhão de manhãzinha, entrar pisando duro na fazenda de antigamente. Onde está o major Sotero? Prometeu atear fogo às casas do Pastinho. Bazófias. Se ao menos aparecesse o major Sotero. Um entendimento, selar acordo. Sair vivo, inteiro. Quedê todo mundo, que não vem ao sobrado? O padre Casusa, tão enxerido. Ver ao menos o espetáculo: Tibúrcio dependurado no forro, balangando no espaço como um pedaço de chouriço. Um judas de Sábado de Aleluia, para ser malhado. Ele, que nunca foi vítima do imprevisto. Um calculista, que sabe de tudo antes de acontecer. Que adivinha a palavra que o outro vai dizer antes mesmo de já estar na sua boca. Pois é. Como um judas. A um passo das suas canastras. Duas barras de ouro, quem é que tem ouro em Santa Rita? No mundo? Foi ontem a festa de São Francisco. São Francisco! Um santo milagroso, o santo da pobreza.

O suor poreja na testa fria, o rosto lívido de medo, de susto. A câimbra desce pelos ombros, pelos braços rijos. Os lábios tremem. A pressão no peito, como punhos sufocando. Tensos todos os músculos que aguentam o corpo no ar. Agulhas enfiadas nos nós dos dedos. Os dedos em carne viva, quebrados, sob a tampa de cedro. Carne ainda viva, doendo, sensível. Imóvel, inútil qualquer esforço. Melhor poupar-se, reservar energias, aguardar o raiar do dia. Viver. Alguém virá. O Pastinho é retirado, mas alguém virá. Rufino Moçambique, Damásio, a Dominga, Joaninha do Tataço. Zé Leluia, moleque esperto. Darão um jeito de entrar com a porta trancada. Ouvirão o seu grito, socorro. Soltar um urro de animal ferido, de repente preso na engrenagem de uma armadilha infernal. Como é que pôde acontecer? Azar miserável, cilada. Quem lhe armou essa cilada?

Quando o sino da matriz dobrou pela primeira vez, chamando para a missa, Tibúrcio voltou a si. Despertou da sonolência em que mergulhara. Amanhecia, mas na alcova era a mesma treva. A candeia em cima do forro talvez se tenha extinguido. As forças de Tibúrcio se extinguem. Corpo exausto, a dor dormente, quase anestesiada, não fossem as pontadas que lhe vêm às vezes dos dedos e atravessam todo o corpo. As pernas pesadas como duas toras. Dois caibros de antiga madeira de lei. Os pés inexistentes, só as botas. O peito rígido. A respiração estertorante, sem ritmo, no esforço de livrar-se daquela situação.

Os ouvidos de Tibúrcio, suas grandes orelhas cabanas não ouviram o sino da matriz chamar os fiéis pela segunda vez. Quando a missa começou, ele tinha perdido os sentidos, em estado de choque. A cabeça tombada de lado, sobre o ombro esquerdo. Os pequenos olhos esbugalhados de horror, o rosto lívido. A boca cerrada, raivosa. Mas um fio de baba escorreu até o assoalho e caiu sobre a escada de abrir.

Antes de perder definitivamente a consciência, num último fiapo de lucidez, viu uma grande manga coração-de-boi. O menino preso na alcova escura. No delírio, Tibúrcio viu a negra Bebiana Corcunda chegar ao sobrado, apanhar a escada e libertá-lo. A mão trêmula, fininha, sobre a sua cabeça. Com um ronco selvagem, Tibúrcio despediu-se do mundo às escuras e mergulhou na inconsciência.

O Damásio no dia seguinte abriu as portas do Barateiro bem cedo, como de costume. Um ou outro freguês curioso perguntou pelo patrão ausente. Mas todo mundo passou adiante. Alguém sussurrou que Tibúrcio se escondia de medo do major Sotero. A Dominga jurou que ele tinha viajado para a Fazenda do Pinhão. Aconselhado pelo padre Casusa, o major, por sua vez, foi providenciar em São João del Rei os recursos com que ainda esperava entrar em acordo com o seu credor.

Só no outro dia é que a ausência de Tibúrcio deu para alarmar. Começaram as buscas. Rufino Moçambique confirmou que seu Tibúrcio tinha passado a noite no sobrado. No pasto seco, o Estrelado abanava o rabo, preguiçosamente. Padre Casusa tomou a iniciativa de mandar arrombar a porta do sobrado.

Zé Leluia chegou correndo ao cômodo do andar de cima e foi dele o primeiro grito que se ouviu. A loja cerrou as suas portas, em sinal de luto. Cada um dizia uma coisa. Ninguém se entendia. Foi aquela falação, o pessoal se deslocando até o Pastinho. Veio gente de todas as bandas, verdadeira romaria. Foi preciso conter o povo à força diante do sobrado. Os moleques treparam nas casuarinas. Todo mundo queria ver. Montes de curiosos subiam a escada, davam com o que viam e desciam horrorizados. Os que tinham visto e os que não tinham visto, cada qual descrevia a cena a seu modo. Houve quem dissesse que o cadáver exalava. Foi castigo, disse a viúva Maria Apolinária. Pela primeira vez o miserável abriu as mãos, zombou baixinho o Tunico da Taquara.

— Parece um Crucificado. — E a Dominga tapou o rosto com as mãos. Mas sem a glória da Cruz, pensou padre Casusa, que encomendou às pressas o corpo, assim que foi descido do forro, pelo Damásio mais o Rufino Moçambique. Bem que eu ouvi o baque da tampa do alçapão, disse Rufino.

Zé Tché foi o único que não se abalou de casa para ir ver. Continuou tranquilamente no cemitério e, assim que soube da notícia, abriu a cova de sete palmos e ficou esperando o cortejo.

POSFÁCIO

MOMENTOS DE TENSÃO

Cristovão Tezza

1

Otto Lara Resende (1922-1992) viveu integralmente, como jornalista e cidadão do mundo, as questões do seu tempo. De professor de francês na adolescência a membro da Academia Brasileira de Letras, trabalhou nos jornais mais importantes do país e na Rede Globo, onde, na década de 1960, chegou a ter um programa em que comentava os acontecimentos do dia. Com Rubem Braga e Fernando Sabino, fundou a Editora do Autor, que marcou época na renovação da vida editorial brasileira. Foi procurador do Estado e diretor de banco. Viveu em Portugal e em Bruxelas, como adido cultural; mais tarde, participou como ghost-writer de momentos importantes da história brasileira, nas crises do governo João Goulart. Personagem obrigatório do panorama literário do país, grande frasista, ele se transformou, constrangido, até mesmo em título de uma peça de Nelson Rodrigues (*Bonitinha, mas ordinária, ou Otto Lara Resende*), numa das mais inverossímeis provocações do amigo dramaturgo, para quem a grande arte de Otto era a "conversa". E, vivendo entre escritores, Otto Lara Resende foi também escritor, autor de poucos livros — um romance e algumas coletâneas de contos — que ele reescrevia obsessivamente desde 1952, quando saiu *O lado humano*, sua estreia, até *O elo partido e outras histórias*, de 1991, o último que publicou.

Diante de sua ficção, a primeira tarefa do olhar crítico não é tão simples: estabelecer o lugar de Otto Lara Resende na literatura brasileira. O personagem participante, interlocutor incansável dos temas centrais de sua época, acabou por obscurecer o escritor, quando não reprimi-lo, um fenômeno relativamente comum que sofre todo intelectual cuja vida pública é marcada pela presença diária nos jornais. A percepção da fronteira entre o homem e a obra torna-se difusa e insegura; em casos como o dele, muito mais difícil restará a missão com que sonharam os teóricos formalistas da literatura, segundo a qual devemos ater-nos apenas à quimera da "especificidade literária", ou do texto pelo texto. Durante décadas, ler um conto de Otto era também lembrá-lo sorridente e conversador, assim como assistir a uma peça de Nelson Rodrigues significava praticamente vê-lo quase em carne e osso vituperando ou escandalizando em cena. Só o tempo apaga a relevância biográfica e deixa brilhar o texto em outros cenários históricos e em outra geração de leitores. A reedição completa da obra de Otto Lara Resende, incluindo, além da ficção e dos textos jornalísticos, sua vasta correspondência, permite-nos uma reavaliação mais focada de seu papel no ideário que moveu a ficção brasileira durante os anos 1950 e 1960. E, principalmente, uma releitura mais fria de seus textos ficcionais, como as duas novelas do volume que acabamos de ler.

2

Uma das chaves para compreendê-lo — e também para entender o momento de transformação temática da literatura brasileira, e transformação do próprio Brasil — talvez esteja nos sete contos de *Boca do inferno*, coletânea publicada em 1957. Aparentemente, pelo tema e pela linguagem, tratava-se de uma repetição do tradicional painel pitoresco de um Brasil interiorano, curioso e puro, de sotaque saboroso, e reminiscência de uma infância saudosa e inocente (todos os contos tratam de crianças). Mas a força inusitada do livro acabaria por provocar, ao ser lançado, uma reação violenta e agressiva, de que o próprio Otto se ressentiu profundamente, até no âmbito da família mineira: recebeu uma carta do pai contra a obra. Nos seus contos, o velho Brasil rural, aparentemente feliz à margem do tempo, revela-se um criadouro de seres negativos e maus; o mundo que Otto desvelava, com uma notação quase fotográfica das tramas, no seu registro realista, era o triunfo de Darwin sobre Rousseau. Não havia nada a ser sublimado, transcendido ou poetizado naquela pobreza interiorana, a não ser uma estupidez bruta e instintiva.

Era o espírito do tempo: no ano seguinte, Carlos Heitor Cony lançaria seu primeiro romance, *O ventre*, que avança na mesma direção, agora num cenário urbano, mas puramente mental; e em 1959 saem as *Novelas nada exemplares*, de Dalton Trevisan, em que, movendo-se na mesma fronteira entre o rural e o urbano, o arcaísmo de um Brasil vivendo seu idílio encarquilhado encontra uma consciência narrativa moderna a lhe corroer a alma sem remissão. Não por acaso, Otto e Dalton foram amigos íntimos e se corresponderam durante anos — percebe-se um parentesco temático e linguístico entre as duas obras nesse primeiro momento, até que Dalton, sempre apenas um escritor, se descola da matriz literária que lhe deu origem para compor sua obra e sua linguagem singularíssimas.

O primeiro deslocamento que essas obras revelam como marca do tempo, ao lado de sua fidelidade realista — aqui prosseguindo, como linguagem, uma forte tradição brasileira que só na virada dos anos 1970 se quebraria, pulverizando a prosa brasileira —, está na descrença visceral da condição humana. É uma prosa que não reserva lugar para o gesto épico ou para o escape poético, valores que no Brasil vão se mantendo firmes e dominantes, tanto na obra ainda residualmente política de Jorge Amado a partir de *Gabriela, cravo e canela* (1958), quanto no monumental projeto de Guimarães Rosa, fundado por *Grande sertão: veredas* (1956). O mineiro Otto, imerso até a alma na mitologia regional brasileira — o que cada frase que escreveu denuncia —, segue em direção radicalmente contrária, talvez mais pelo instinto urbano, cosmopolita, modernizante e universalizante do cidadão do mundo que ele foi, do que por uma clara consciência literária de uma opção estética marcada ou um programa escolar qualquer. Não importa: os contos de *Boca do inferno* estão lá, naquele instante, sublinhando um momento brasileiro de transição política, social e mental.

3

A *testemunha silenciosa* reúne duas novelas que são, temática e linguisticamente, herdeiras de seu clássico livro de contos.

A primeira, que dá título ao livro, é de 1962, então chamada "O carneirinho azul"; a segunda, "A cilada", saiu originalmente na antologia editada pela Civilização Brasileira que marcou época em 1967, *Os sete pecados capitais*, reunindo sete dos maiores escritores brasileiros do momento; o tema que coube a Otto foi a avareza. As duas novelas têm o mesmo cenário, o mesmo clima e a mesma visão de mundo que se concentravam nos seus contos. A diferença é a extensão, que dá aos dois textos outra respiração e outra cadência.

Estão aqui a pequena cidade interiorana de Minas Gerais, a linguagem embebida de traços do dialeto e do saber rural popular, no léxico e na sintaxe, as figuras arquetípicas do Brasil agrário — o padre, o prefeito, o boticário, a mulher forte, o marido fraco, o bêbado, o dono da venda, a criança, a professora. Tudo parece familiar, caseiro, típico e, portanto, tranquilizador. Mas, como uma sombra, mesmo pressentindo-se em breves passagens toques de volúpia e simpatia em retratar aquele cadinho brasileiro, transparece dominante um olhar corrosivo que apaga o encantamento atávico deste país pitoresco que, tradicionalmente, gostamos de amar como a um paraíso perdido. O texto de Otto faz dois grandes deslocamentos: não poetiza o mundo que retrata, atrás de alguma essência oculta, metafísica, que ali pudesse revelar-se para redimir nossa condição; e não politiza as relações humanas, buscando denunciar causas objetivas que tornariam o homem pior do que ele é. Duas grandes linhas da literatura brasileira de seu tempo encontram na obra de Otto a barreira transformadora da urbanização — física e mental — de um país novo que estava surgindo.

A primeira novela, "A testemunha silenciosa", relata um crime de família, pelos olhos de uma criança. A cidade imaginária de Lagedo, em Minas Gerais, reproduz em sua escala miúda as consequências da Revolução de 30 — mas não são as grandes questões políticas que estão em jogo. São apenas os pequenos movimentos de medo e sobrevivência rasteira que vêm à tona. Como um painel caseiro, sem retórica nem gestos largos, mas com sinais avulsos de humor e alguma poesia discreta e acidental, o olhar do menino vai desenhando sua família e sua cidade. A Revolução mudou a relação de forças na cidade, o menino percebe, e o pai boticário vai perdendo sua relevância, enquanto aumenta a irritação da mãe contra aquele marido sem iniciativa que acabará fundando um centro espírita, para desgraça de todos. O avô, bêbado, faz um coro permanente de revolta mal dirigida e mal digerida contra a mulher — a quem acusa terrivelmente ("Carmela, de quem é esse filho?"), em arroubos que o menino ouve e engole em silêncio, até vê-lo morrer afogado no escuro.

Testemunha de um crime, o garoto não pode falar: tudo que ele quer é sair daquele pequeno inferno a que se vê condenado. A poesia e algum afeto que escapam pelas frestas ficam por conta de Sanico, o sineiro manco, versão lírica de um Corcunda de Notre-Dame — "Andava de banda, manquitolando de leve, um pé meio no ar como quem não quer pisar no chão" —, que lhe conta histórias sem fim de um prometido carneirinho. Como um coro de pequenas tragédias, Sanico tudo vê e tudo ouve, enquanto circula pela cidade, e inicia o menino nos saberes da morte, uma presença surda em toda parte. Lutar contra o mal é a sua luta perdida: o menino não pode conter a alegria quando sabe que a professora levou um tiro na testa ("A Revolução me libertava da dona Zélia, e agora para sempre"). Um menino,

Edu, filho de mãe louca, tenta-o com um joguinho de mão, um labirinto de ratinhos ("Podia ser meu, o brinquedo, se eu brincasse como Edu queria. O que ele queria."), e a sugestão medonha fica no ar. Em outro momento, o amigo tortura um gato com formicida até matá-lo. Quando o menino se recusa a repetir a experiência, sente o desprezo do outro e ouve a ofensa: "Antes mãe doida que vagabunda".

O conto é a casa e a cidade que o menino vê, um cenário que vai crescendo em pinceladas quase distraídas, mas sempre agudas; e nesse painel de fragmentos realiza-se o longo rito de iniciação do narrador, em que a trama central é quase apenas um eixo de sustentação narrativa. No final, a única libertação possível é a do indivíduo, que escapa dali com sua última palavra — "Lagedo ia ficar para trás".

4

"A cilada" partilha o mesmo universo físico e mental da primeira novela, quase um recorte dela. Mas aqui a narrativa se concentra obsessiva numa única figura, o clássico avarento, revisitado no sertão mineiro. Há um narrador anônimo que é a consubstanciação da também clássica voz do povo — o texto avança como quem conta um conto, ou um "causo", mas o tema é pesado demais para se entregar simplesmente ao prazer do exótico. A voz narrativa assume em momentos esse contador anônimo, com os tropeços da memória e do ouvir dizer — "Diz que Tibúrcio nasceu pobre feito Jó", ou "Ia me esquecendo, Tibúrcio tem um cavalo" —, e se personifica sem se revelar: "Seu

Joca Ipanema, velho como a serra, me contou que se lembra dele fedelho", "só mais um dedo de prosa, para arrematar".

Dessa nítida moldura narrativa vai emergindo a figura grotesca de Tibúrcio, inteiramente composto pelo implacável olhar do povo — e aqui a frase feita, o lugar-comum, o dito popular, ou o simples preconceito imemorial vão costurando a imagem do mundo e dos seres, como a única possível; todas as metáforas, breves imagens, sombras bíblicas, paralelos morais ou edificantes, vão sendo arrancados dessa voz coletiva e congelada, que soam tão mais verdadeiros quanto mais pitorescos parecem: "mulher de barba e sem coração", "atirado ao deus-dará antes mesmo que secasse o umbigo", "no seu carro de milho não dá caruncho", "de tão ridico e pão-duro, não dá nem bom-dia", "mais tem, mais quer", "o feio ao feio se junta". É preciso, enfim, dar algum sentido à existência de Tibúrcio, que de outra forma não se explicaria: "Daí dizerem que Tibúrcio é filho de Belzebu". A linguagem costura em cada imagem um universo mental que só subsiste por sua lógica interna, tingida de natureza moral, da qual ninguém está livre, como no arcabouço do pensamento trágico — nem mesmo o próprio Tibúrcio, vítima inescapável de sua avareza, condenado ao seu destino desde o nascimento. A fábula cumpre, assim, a justiça popular, narrada pela voz do povo que conta a história e lhe fornece o sentido.

Mas, em outros momentos, a narrativa desloca o ponto de vista e avança pelo próprio olhar de Tibúrcio, assimilando cada gesto seu e cada sentimento — se é que essa palavra gentil pode aplicar-se àquela cabeça que, também ela, responde pela lógica do lugar-comum popular. O lugar-comum, entretanto, agora não funciona mais como explicação do mundo, dimensão que não lhe interessa em nada, mas como estrita justificativa moral. O texto acompanha com frieza, em frases curtas, as caraminholas da avareza, assumindo o olhar irritado de Tibúrcio e a sua mecânica defensiva, porque o mundo é para ele uma máquina terrivelmente hostil.

Todas as suas justificativas vêm do mesmo saber popular que o condena, um saber também congelado. Ele sente que o odeiam, e tira a sua força daí, da própria linguagem dos outros. Está rico porque trabalha. "Para quem quer, serviço não falta." Na cidade, "ou são uns potoqueiros, uns gargantas, como esse major Sotero, roedor de herança. Ou são uns pés-rapados que não têm onde cair mortos". A consciência do próprio valor vai se amarrando em verdades indiscutíveis e moralmente tranquilizadoras: "Nem o apito do trem é de graça". A sua morte solitária, cruel, lenta, agônica, realiza uma justiça divina: "Parece um Crucificado", diz alguém, enquanto o desafeto Zé Tché, transformado em coveiro por uma dívida que não pôde pagar, apressa-se em abrir "a cova de sete palmos".

Nessa novela fecham-se no mesmo ciclo, como que inadvertidamente, traídos pela linguagem e pelo direcionamento do tema, dois universos antagônicos: a imagem de um mundo condenado às suas próprias formas, que define pitorescamente a si mesmo para repetir uma verdade imemorial que não pode ser modificada, e o indivíduo que de algum modo tenta dele se livrar. O horror moral da avareza paralisa simbolicamente a ruptura e justifica o mundo como tal; na velha moldura do Brasil agrário, tudo já está escrito.

As duas novelas de *A testemunha silenciosa* são um belo momento da tensão literária brasileira, que cinquenta anos depois continua viva entre nós.

ESTA OBRA FOI COMPOSTA PELA SPRESS EM ELECTRA E IMPRESSA EM OFSETE
PELA RR DONNELLEY SOBRE PAPEL PÓLEN BOLD DA SUZANO PAPEL E CELULOSE
PARA A EDITORA SCHWARCZ EM JULHO DE 2012